KB079334

읽는 약

읽는 약

© 하늘나무, 2023

초판 1쇄 발행 2023년 12월 12일
    2쇄 발행 2024년 2월 16일

지은이   하늘나무
펴낸이   이기봉
편집   좋은땅 편집팀
펴낸곳   도서출판 좋은땅
주소   서울특별시 마포구 양화로12길 26 지월드빌딩 (서교동 395-7)
전화   02)374-8616~7
팩스   02)374-8614
이메일   gworldbook@naver.com
홈페이지   www.g-world.co.kr

ISBN   979-11-388-2580-1 (03810)

읽는 약

하늘나무 에세이집

좋은땅

목차

단편

나와 너, 우리

사랑이란

나는 좋은 사람일까

어떻게 살 것인가

단편

남기고 떠나다

그녀를 처음 본 건 지난 팔월이었다. 막바지 장맛비가 잠시 갠 대기에 구름인지 안개인지 모를 것이 온통 뿌옇게 떠 있던 그날 밤, 나는 무작정 어디론가 차를 몰고 있었다. 핸들을 쥔 왼손이 떨려와 퍼뜩 오른손을 핸들로 가져갔다.

아니야, 설마 그럴 리가. 그렇게까지 할 이유가 없잖아.

앙다문 입술 사이로 비어져 나오는 혼잣말과는 달리 가슴속 확신은 시간이 갈수록 단단해지고 있었다. 마치 바람에 실려 온 누군가의 영혼이 귀엣말로 증언을 들려준 듯이. 아니, 증언이라기보다는 약을 올린다는 표현이 더 알맞았다. 넌 완전히 속았어, 바보야, 라는 식의.

남편과 마주치지 않기 위해 급히 집을 나오긴 했지만 어디로 가야 할지 알 수 없었다. 누군가가 발밑의 양탄자를 단번에 잡아당겨 버리기라도 한 듯, 나는 발바닥을 지지해 주는 바닥을,

차가 달리는 노면을 느낄 수 없었다. 유령의 한숨 같은 안개에 싸인 수요일 밤 인적 없는 거리, 검게 젖은 아스팔트 위로 주홍빛 머리채를 드리운 거인처럼 도열한 가로등, 갈 곳 잃은 채 떠도는 나. 모든 게 비현실적이었다.

그는 도대체 누구지, 어떤 사람이지.

내가 알던 남편은 더 이상 존재하지 않았다. 그를 믿었던 나도 없었다. 내가 무얼 하고 있는지, 여기가 어딘지조차 알 수 없었다. 내 존재를 포함한 세상 전부가 거짓말 같았다. 막 진입하려던 사거리 횡단보도 위에 서 있는 사람의 형상을 발견한 건 그때였다.

급브레이크를 밟았지만 노면이 미끄러웠다. 타이어 끌리는 소리, 둔탁한 충돌음과 함께 차는 멈춰 섰고, 정신을 차리고 올려다본 곳에 사람의 형상은 없었다. 진행 방향 신호등은 녹색불이었고 과속을 하지도 않았다. 헛것을 보았을까. 하지만 분명 충돌음을 들었다. 떨리는 손으로 안전벨트를 풀고 차에서 내렸다. 앞 범퍼에서 두어 걸음 떨어진 곳에 젊은 여자가 쓰러져 있었다. 내가 그녀를 쳤다는 사실을 믿을 수 없었다.

고막이 찢기는 듯한 소리, 점멸하듯 소용돌이치는 붉은빛으로 어두운 정적을 가르며 구급차는 오 분 만에 도착했다. 구급대원에게 영동병원이 가까우니 그리로 가자고 말한 뒤 응급실 전담의로 있는 박 선배에게 전화를 넣었다.

선배, 내가 사람을 쳤어, 지금 거기로 가.

*

응급실 침대 위의 그녀는 눈에 띄는 외상이 없었다. 몸에 꼭 맞는 검정 반팔티와 하얀 반바지 밖으로 드러난 가느다란 팔다리엔 긁힌 자국 하나 없었다. 하지만 그녀는 불러도 답을 않고 가늘게 눈꺼풀만 떨며 누워 있었다. 화장기 없는 앳되고 귀여운 얼굴로, 마치 꿈을 꾸는 소녀처럼. 지갑에 있던 주민등록증으로 확인한 이름은 강마리. 한국 나이로 스물셋이었다.

뇌진탕인가?
초조한 기색의 내 질문에 선배가 안심시키듯 말했다.
특별한 외상도 없고 바이탈도 정상이니까 잠깐 기다려 보자. 그러는 너는, 다친 데는 없어?
나는 괜찮아, 라고 대답을 하려는데 간호사가 다급한 목소리로 말했다.
선생님, 이 환자 최근에 수술을 한 것 같은데요? 배에 흉터가 있어요.

간호사의 말은 사실이었다. 그녀의 복부 오른쪽에는 알파벳 제이(J) 모양의 커다란 흉터가 있었다. 간이식 공여자에게 생기는 전형적인 그 흉터를 보자 가슴이 내려앉았다.

수술한 자리가 잘못됐으면 어떡하지? 하필이면…

흉터를 봐. 최소 육 개월은 지났겠다. 저 나이엔 두 달이면 간도 다 자라는 거 알잖아.

…그래도 의식이 없는데 캣스캔이라도 해 봐야 하는 거 아닐까?

그녀가 천천히 눈을 뜬 건 그때였다. 박 선배가 반가운 낯으로 말을 건네려는 찰나, 그녀가 허공을 바라보며 입을 열었다.

저는 괜찮아요. 이식 수술은 삼월 이십구일에 했으니까 걱정하지 않으셔도 될 거예요.

침착하고 조곤조곤한 말투에 비음 섞인 낭랑한 목소리. 의식을 잃었던 사람 같지 않은 분명한 발음이었다. 불러도 대답 없이 누워 있었는데, 우리 대화를 듣고 있었을까. 선배도 놀랐는지 잠시 말을 잃고 바라보았다. 그제서야 고개를 돌려 우리를 본 그녀가 갑자기 믿을 수 없는 미소를 지었다. 어떻게 이런 미소가 있을까. 모르는 사람에게, 그것도 교통사고 가해자에게 치약 광고보다 환하게 웃어 주는 사람이 존재한다는 이야기는 들어 본 적이 없다. 남편의 일부터 차 사고까지, 정신없이 밀려드는 불행에 금방이라도 울어 버릴 것 같던 나는 어느새 용서 받은, 환대 받은 기분을 느끼고 있었다. 하지만 울다가 웃어 버린 아이처럼 왠지 마음을 들키고 싶지가 않아 놀란 표정만을 지으며 그녀에게 물었다.

어머, 우리 말이 들렸어요?
네, 희미하게.
의식이 없었던 게 아니었어요?
아뇨. 다른 곳에 있었을 뿐이에요.
다른 곳?
네, 눈이 오는 세상.
여름인데 눈이 와요?
거긴 항상 눈이 내려요. 성근 눈이 아주 천천히.

*

그녀를 차로 치기 몇 시간 전까지만 해도 완벽한 인생을 살고 있었다. 남편이 어떤 사람인지, 내가 어떤 사람인지 잘 안다고 확신했고, 차 사고를 일으킨 적도 없었다. 의대 교수님의 소개로 만난 그와 결혼한 건 이태 전이었다. 서른여섯의 나이에 투자회사

부사장을 달고 대표 자리를 바라보는 남편은 회사에서 제공한 기사 딸린 차를 타고 매일 온갖 곳으로 저녁 약속을 다녔고, 주말에는 필드에 나갔으며, 해외 출장도 잦았다. 하지만 양가 부모님 생신이나 결혼기념일 같은 특별한 날에는 반드시 시간을 비워 두었고, 한 달에 두어 차례 정도는 근사한 곳에서 외식을 하거나 공연을 함께 관람하는 자상한 남편이었다. 작년 이맘때 정신과 전문의 자격증을 취득하고 처음으로 개원하던 날, 남편으로부터 푸른색 수선화 한 다발과 함께 받은 케이크 안에는 작은 비닐백에 담긴 포르쉐 911의 차 키가 들어 있었다. 주위의 부러운 시선과 다 가진 여자, 완벽한 커플이라는 칭찬이 어느새 낯설지가 않았다. 그는 내가 보기에도 완벽한 사람이었으니까.

인수합병을 위해 다양한 회사의 사업을 검토하며 습득한 그의 방대한 지식은 세상에 내가 모르는 것이 얼마나 많은지를 새삼 깨닫게 해 주었고, 미지의 세계를 속속들이 알고 있는 그를 의지해 불확실한 미래를 헤쳐 가고픈 마음이 들게 했다. 이제 막 서른세 번째 생일을 지낸 살아갈 날이 더 많은 나였지만 딱히 더 이루고 싶은 게 없었다. 언젠가 남편과 나를 절반씩 빼닮은 아이를 낳고 싶다거나, 남편과 시간을 좀 더 보낼 수 있었으면 하는 평범한 바람들을 제외하면.

그날도 남편으로부터 일찍 귀가하겠다는 연락이 없어서 친구와 약속을 잡았다. 병원 근처 고깃집에서 저녁을 먹고 카페에서 수다를 떨다 느지막이 열 시가 조금 넘어 헤어졌다. 어두운 집에 불을 밝히고, 샤워를 하고, 평소처럼 라디오를 클래식 채널에 맞춘 뒤 침대에 올라 반쯤 누운 자세로 읽다 만 문고판 소설을 펼쳤다. 한 챕터를 못다 읽어 금세 잠이 쏟아지기 시작했고, 습관처럼 협탁 위 핸드폰을 집어 들었다. 친구들이 인스타그램에 올린 음식 사진과 셀카 들을 훑어 가며 하트를 누르는 동안 잠은 완전히 달아났다. 언제부턴가 늘 그런 식이었다. 책을 펼치면 졸음이 몰려오고, 스마트폰을 보면 달아난다.

새 게시물을 모두 확인하고 심상하게 검색창에 '골프'를 입력했다. 언젠가 남편을 따라서 필드에 나가 보고 싶은 마음 때문이었으리라. 사진들이 화면을 바둑판처럼 메웠다. 그중 제일 눈에 띄는 사진을 클릭했다. 20대 중반으로 보이는, 어딘지 부자연스럽지만 예쁜 얼굴의 여자가 핑크색 골프복 상의에 흰 챙모자를 쓰고 웃고 있었고, 동년배의 잘생긴 남자가 여자의 어깨에 팔을 두른 채 흡족한 표정을 짓고 있었다. 선남선녀네, 부럽다, 라는 생각이 나도 모르게 들었다. 인간은 아무리 가져도 결국 누군가를 부러워할 수밖에 없는 걸까.

그런데 남자의 얼굴이 어딘지 익숙했다. 곰곰이 보다가 남편을 묘하게 닮았다는 것을 깨달았다. 십 년은 어려 보이고 눈과

코와 입의 모양이 달랐지만, 어딘지 모르게 볼수록 닮은 느낌이었다. 남자의 다른 사진들을 성급하게 넘겨 보기 시작했다. 화려한 인생을 즐기는 부잣집 젊은 도련님 같았다. 빨간 스포츠카, 비싸 보이는 식당들, 요트 위의 샴페인 파티, 이국적인 해변, 사람들이 꿈꾸는 모든 게 그에게는 일상 같았다. 나도 언젠가 저렇게 살아 볼 수 있을까.

골프도 즐기는 것으로 보이는 그는 지난달엔 태국의 골프장에, 지난 겨울엔 호주의 호화스런 리조트에 있었다. 그 부자연스러운 얼굴의 여자와 함께였다. 문득 남편의 지난달 태국 출장과 지난 겨울 호주 출장이 떠올랐다. 우연이겠지. 얼굴뿐 아니라 동선마저 닮은 그들. 혹시 남편에게 숨겨 둔 남동생이라도 있는 것일까. 그러다 한 사진의 배경에서 골프가방에 매달린 작은 나비 모양 장식을 보았다. 푸르고 붉은 보석들이 박힌 반짝이는 예쁜 나비였다.

라디오의 클래식 채널에서 바하의 〈토카타와 푸가 G단조〉가 흘러나오기 시작했다. 오랜만이었다. 수능 시험을 앞두고 하루 열여덟 시간씩 공부를 하던 고삼 시절, 내 귀에는 항상 소음 차단과 집중을 위한 이어폰이 꽂혀 있었다. 그때 바하를 처음으로 좋아하게 되었다. 하나의 테마가 곡의 시작을 알리면 대위법에 따라 조금씩 변화를 거듭하다가 어느 순간 시작점의 멜로디로 돌아가기도 하고 완전히 새로운 멜로디가 출현하기도 하는 바로크 양식 특유의 곡 진행이 좋았다. 계절이 바뀌는 것처럼 자연스럽고 흡족했으며, 마치 하늘로 펼쳐진 나선형 계단을 오르는 듯한 기분이 들기도 했다. 그중 파이프 오르간 곡을 가장 좋아했던 이유는 왠지 '드넓은 시야'를 갖게 되는 것 같았기 때문인데, 나를 둘러싼 갑갑한 세상을 초월해 보이지 않는 미지의 세계를 탐험하는 기분을 느끼게 해 주는 그 마법 같은 소리 덕분에 비좁은 독서실 칸막이가 답답하지 않았다. 나중에 안 사실이지만 파이프 오르간은 온도와 습도가 조금만 달라져도 소리가 변하고, 관객이 많을수록 울림이 줄어 소리가 둔탁해지며, 악기를 '만든다'고 하지 않고 마치 건물처럼 '짓는다'고 표현하는 특별한 악기였다. 그래서인지 파이프 오르간을 들을 때면 나도 모르게 운명이란 단어를 떠올리곤 하였다. 운명의 소리. 바하의 파이프 오르간 곡을 들으며 의대에 합격하는 운명을 맞이했듯, 나는 또 한 번 그 소리와 함께 운명의 전환점을 맞이하고 있는 것일까. 직감은 나에게 그렇게 말하고 있었다.

곧 남편이 돌아올 시간이었다. 그를 어떻게 마주해야 할지 몰랐던 나는 급하게 옷을 걸치고 지갑과 차키를 챙겨 지하 주차장으로 향했다. 시동을 걸고 주차장을 빠져나와 열쇠고리에 매달린, 남편이 특별히 주문제작 했다는 세상에 두 개뿐인 나비 장식을 함부로 떼어 창밖으로 던져 버렸다. 무작정 차를 몰기 시작했다. 바퀴 아래로 바닥이 느껴지지 않았다.

*

다른 곳에 있었을 뿐이에요.

거긴 항상 눈이 내려요. 성근 눈이 아주 천천히.

보름이 지났지만 그녀가 응급실에서 깨어나 했던 말이 머릿속을 맴돌았다. 미국에 단기 연수를 갔을 때, 동료로부터 '항상 눈이 내리는 세상'에 대한 이야기를 들은 적이 있다. 1946년 뉴욕주의 롱아일랜드 동쪽 끝에 위치한 작은 마을에서 '특별한 아이들'을 대상으로 모종의 연구가 진행되었는데, 대부분의 내용이 현재까지도 미국 정부에 의해 비밀에 부쳐져 있다는 것이었다. 아이들은 다른 차원의 세계에 들어갈 수 있었고, 거긴 이 세상과 비슷하게 생겼지만 항상 눈이 내린다고 했다. 그 이상한 세상에서 아이들은 멀리 떨어진 장소에서 일어나는 일을 보고 들었으며, 심지어 과거와 미래의 일을 보기도 했다는 동료의 말을 나는 믿지 않았다. 그저 흥미 위주의 괴담쯤으로 치부했다. 그날 그녀를 차로 치기 전까지는.

처음엔 정신과 의사로서의 호기심 때문이라고 생각했다. 일시적인 환각 증상 같은 것이라면 내가 도움을 줄 수도 있을 테니까. 하지만 그 이면엔 의사답지 못한, 지극히 개인적인 욕망이 꿈틀대고 있었다. 혹시 그녀가 '특별한 아이'는 아닐까. 그녀를 통해 남편이 여태 저질러 온 일들을, 그와 나의 미래를 알 수 있지는 않을까. 지극히 비과학적이고 비현실적인 생각이었지만 내 세상의 현실과 비현실의 경계는 이미 허물어진 뒤였다.

이혼해 버려. 사람을 사서 뒤를 밟아.
맞바람을 피워 버려.
그냥 죽여 버려. 자고 있을 때 칼로 찔러.

그날 이후로 목소리가 들리기 시작했다. 단테가 지옥의 가장 깊은 곳에 배신자들이 있다고 한 이유를 알 것 같았다. 아직 확실한 증거가 없어서 남편 앞에서는 아무렇지 않은 척 연기를 하고 있었지만, 분노와 절망과 가슴을 후비는 고통 속에서 나는 끝없이 추락하고 있었다. 찻잔에 담긴 티백처럼 잠겨갔고, 잠길수록 쓰디쓴 검은 물이 우러났다. 가슴속에서 무언가가 죽어 버린 것 같았다.

핏빛으로 물들어 가는 서쪽 하늘을 진료실 창문 너머로 바라보다가 그녀 얼굴이 떠올랐다. 어째선지 눈꺼풀 안쪽에 새겨진 그 미소를 줄곧 떨쳐 낼 수가 없었다. 그리고 그 미소가 떠오르는 순간만은 숨을 쉴 수 있었다. 작은 몸에 새겨진 커다란 흉터도 떠올랐다. 아무리 성형술이 발전했다지만 개복수술 흉터를 완전히 없앨 수는 없다. 한창 연애도 하고 비키니 수영복도 입어 보고 싶을 이십 대 초반의 여자가 누구를 위해 그런 희생을 한 것일까. 그녀는 간을 떼어 주고 명멸하는 고통 속에서도 그렇게 웃었을까.

교통사고는 후유증이 무서운 법인데 혹시 아픈 데는 없는지 예의 바른 사람처럼 전화를 걸어 물어볼까, 사과의 의미로 식사를 대접하고 싶다고 해 볼까 고민하는데 휴대폰 진동이 울렸다.

김지원 선생님이시죠?

낭랑한 비음이 조곤조곤 내 이름을 불렀다. 해야만 할 것 같은 말이 있는데 만나 줄 수 있겠냐고 물었다. '하고 싶은 말'도 아니고 '해야만 할 것 같은 말'은 뭘까. 아무래도 좋다. 컴퓨터를 끄고 연필과 볼펜과 스카치테이프를 서랍에 넣고 붉게 타오르다가 암청색으로 번지기 시작하는 하늘을 바라보고 있었다. 내일이 오면 그녀를 만난다.

*

출근 준비를 마치고 현관 거울 앞에서 넥타이를 고쳐 매던 그가 생각났다는 듯이 말했다.

아 참, 당신 건강보험공단에 제보가 들어왔다는데?

무슨 제보?

진료비 부당 청구를 했으니 조사를 해 달라고.

그걸 당신이 어떻게 알아?

이사장이 학교 선배잖아. 결재 서류에서 당신 이름을 봤다고 연락이 왔더라고.

그게 무슨…

주말에 골프 약속 잡았으니까 자세히 알아볼게. 그럼 저녁에 봐, 여보.

그는 눈을 동그랗게 뜨고 있는 나를 향해 자상한 웃음을 지어 보이더니 돌아서서 나가 버렸다. 부당 청구라니, 날벼락 같은 소리였다. 형사처벌은 물론이고 의사 면허를 박탈당할 수도 있는 그런 위험한 일을 할 이유가 없었다. 그렇다고 남편이 거짓말을 할 이유도 없었다. 아마도 제보가 들어왔다는 말은 사실일 것이다. 허위 제보가 아니면 단순 착오일 거라고 생각하면서도 몸이 떨려 왔다. 의사 자격증마저 잃을 수는 없었다. 이제 그건 나에게 남은 전부다. 벼락을 맞아 넋이 나간 사람처럼 거울을 보고 서 있었다. 거울 속의 여자도 나를 바라보았다. 시간이 멈춘 것 같았다.

거짓말이다. 다 거짓말이다. 남편도, 이 현실도, 다 거짓말이다.

*

길었던 오전 진료를 마치고 카페에서 그녀를 기다렸다. 하얀 벽돌과 북유럽풍의 미니멀한 인테리어가 편안한 느낌을 주고 브런치 메뉴가 잘 나오는, 식사와 커피를 함께 해결하기 좋은 집이었다. 여름에는 직접 팥을 사다 고아서 만드는 수제 팥빙수로 유명한 곳이기도 했다. 거리 쪽으로 난 통창 밖으로는 작열하는 여름 볕이 도시를 통째로 달구고 있었다. 후텁지근한 바깥 공기와 실내의 바삭하고 찬 공기의 극적인 대조는 언제나 경쾌하다. 물론 내가 실내에 있을 경우에 한해서만.

오랜만에 후식으로 커피 대신 팥빙수를 먹고 싶다고 생각하고 있을 때 그녀가 카페로 들어섰다. 두리번거리다 나를 알아보고는 그날처럼 환하게 웃으며 테이블로 다가오는 그녀를 보면서, 낡은 청바지에 소매를 걷어붙인 청남방을 무심하게 걸친 여자가 웨딩드레스를 차려입은 신부보다 빛날 수도 있다는 사실을 새롭게 깨달았다.

먼저 주문을 하기로 하고 웨이터를 불렀다. 내가 팬케이크와 에그 스크램블, 견과류가 곁들여진 야채 샐러드를 주문하자 그녀도 같은 걸로 하겠다고 했다. 음식이 준비되는 동안 가벼운 대화를 했다. 놀랍게도 영문과 졸업반에 로스쿨 진학을 준비 중인 그녀는 내 대학 후배였다. 전공이 다르고 입학 연도가 십 년쯤 달랐지만 엄연한 동문이었다. 마치 육촌이나 팔촌쯤 되는 친척을 우연히 만난 것처럼 반가운 마음이 솟았다. 그녀도 새로운 발견이 마음에 드는 모양이었다. 주문한 음식이 나오자 나는 마치 잃었던 미각을 보름 만에 되찾은 사람처럼 커다란 접시에 놓인 음식을 삼지창 같은 포크로 연신 입에 넣었다. 오랜만에 맛보고, 씹고, 삼키고, 채우는 즐거움을 느끼고 있었다. 그런데 그녀는 입맛이 없는지 통 먹지를 못했다.

음식이 입에 안 맞아요?
아뇨, 그냥 요즘 많이 먹질 못해요.
언제부터 그래요?
수술한 다음부터.
아아, 이식 수술?
네.
혹시 수혜자가 누군지 말해 줄 수 있어요? 궁금했는데.
…남자친구 어머니요.

전혀 예상치 못한 대답이었다. 어머니도 아니고 시어머니도 아닌 남자친구의 어머니라니.

왜 남자친구 가족이 안 하고?

간염 보균자라서 간이 다시 자라지 않을 수도 있대요.

…남자친구가 마리 씨한테 평생 잘해야겠네.

헤어졌는데요? 지난달에 미국으로 가 버렸어요.

웃으면서 말하는 비결을 따로 배우기라도 한 사람처럼 여전히 생글거리는 그녀의 눈동자에 찰나의 슬픔이 별똥별처럼 스쳤다. 가슴속에서 뜨거운 것이 치밀어오르는 탓에 말을 잇지 못하는 나에게 그녀의 미소는 괜찮다고, 별것 아니라고 말하고 있었다. 그래서 더 참을 수 없이 화가 났다. 하지만 당사자의 아픔에 비하면 내 분노 따위는 아무것도 아니라는 생각에 마음을 가다듬었다.

괜찮아요, 마리 씨. 내가 흉터 치료 잘하는 선생님 소개해 줄게요. 말끔하게 지워질 거야.

남편에게 배신당한 나, 간을 떼어 준 사람에게 배신당한 마리. 누가 더 아플까. 누가 더 슬플까. 누가 더 화날까. 확실히 나는 아닌 것 같았다. 그럼에도 난 지난 보름간 세상을 다 잃은 사람처럼 넋이 나가 있었고, 그런 내 앞에 마리는 세상에서 가장 평화로운 얼굴로 앉아 있었다. 복잡해진 내 심경을 눈치챘는지 그녀가 화제를 돌렸다.

아 참, 선생님에게 해야 할 말이 있어요.

맞다, 그랬었지. 그게 뭐예요?

선생님을 봤어요.

어디서?

눈이 오는 세상에서. 사람들이 선생님을 지켜보면서 얘기를 했어요.

…무슨 이야기를?

결국 따라오게 될 거라고, 똑똑하고 욕심 있는 여자라고.

그게 무슨 소리죠?

저도 잘 몰라요. 그곳에 오래 머물 수는 없거든요.

간 이식 수술 후부터라고 했다. 보름에 한 번, 난데없이 귀에서 전화벨 소리가 들리고 나면 사람 키만 한 둥근 문이 나타난다고 했다. 커다란 나무 그루터기를 잘라서 만든 것처럼 나이테가 선명하게 보이는 그 문을 열고 들어가면 다른 세계라고 했다. 눈송이가 나릿나릿 허공을 떠다니고, 빛과 소리의 질감이 미묘하게 달라지는 그곳에서 설명하기 힘든 여러 가지를 본 듯싶었다. 그녀는 정말 '특별한 아이'인 걸까. 바라던 일이 거짓말처럼 일어나 주었음에도 현실을 믿을 수 없었던 나는 핸드폰을 내밀었다.

혹시… 이 남자도 봤어요?

네, 있었어요.

정말로 그를 보았다면 옷차림이나 기억나는 특징을 말해 달라고 했다. 마리가 묘사한 옷차림은 남편의 오늘 아침 차림새와 똑같았다. 회색 정장에 하얀 유니콘 패턴이 들어간 보라색 넥타이, 금색 시계. 특히 그 넥타이는 남편이 지난주 이태리 출장에서 구입한 것으로 국내에는 수입되지 않는 브랜드였다. 나에게 양심이 있는 한 그녀를 환각 증세를 보이는 조현병 환자로 치부할 수는 없었다. 그녀는 정말 오늘 일어날 일을 미리 보았을까. 논리를 따르자면 그렇게 결론을 내려야 하겠지만 결론 자체가 논리를 벗어나 있었다.

똑똑하고 욕심 있는 여자, 그래서 결국 따라오게 될 여자. 어디를 따라온다는 말인지, 누가 어떻게 나를 지켜본다는 소리인지 알 수 없었다. 우연히 인스타그램에서 남편의 비밀 계정을 발견한 그날 이후로 나는 무엇 하나 알 수 있는 게 없었다. 안다고 생각했던 모든 것들이 위장막 아래 다른 의미를 감추고 있는 듯 느껴졌다. 세상 전체가 딥페이크로 만든 하나의 거대한 거짓말 같았다. 순간 그녀가 배를 감싸며 몸을 구부렸다.

왜 그래요, 어디 아파요?

대답은커녕 고통을 참느라 숨조차 쉬지 못하는 모습으로 볼 때 충수염일 가능성을 배제할 수 없었다. 그렇다면 빨리 수술을 받아야만 한다. 통증이 잦아들지 않으면 구급차를 불러야겠다고 다짐하면서 시계를 보고 있는데 그녀가 천천히 고개를 들며 말했다.

괜찮아요. 가끔 이래요.
그 정도 복통은 괜찮은 게 아니에요. 방치하다 큰일 나. 내과 전문의는 아니지만 촉진을 좀 해 볼게요.
괜찮은데….

어느새 평화로운 표정으로 돌아와 약간의 미소까지 머금고 있는 그녀의 옆으로 옮겨 앉았다. 통증이 느껴지면 말하라고 한 뒤 오른쪽 하복부를 지긋이 눌렀다가 뗐다. 누를 때만 조금 아프고 뗄 때는 괜찮다고 했다. 다행히 충수염은 아닌 것 같다고 말하며 다시 몇 번의 촉진을 하다가 우측 상복부에서 단단한 덩어리를 발견했다. 크기가 어린아이 주먹만 했다. 크기도 위치도 좋지 않았다.

여기, 언제부터 이랬어요?
한 달, 아니 두 달….
처음 발견했을 때는 더 작았어요?

…네.

일어나요. 병원 갑시다.

지금요? 저는 괜찮은데….

괜찮다는 그녀의 말을 외면하고 박 선배에게 전화를 걸었다. 별것 아니면 다행이지만 만약 암이라면 한시가 급하다. 젊을수록 암세포도 빨리 자라기 때문이다. 자칫하면 간발의 차이로 전이가 되어 버리고, 그러면 손을 쓸 수가 없게 된다. 응급으로 초음파와 캣스캔을 진행해 달라는 부탁에 박 선배가 곤란한 기색으로 환자가 누구냐고 물었다. 급한 대로 사촌동생, 하고 둘러대었더니 어떻게든 해 보겠다며 일단 오라고 했다.

일어나요, 어서.

저 병원 안 가도 돼요, 선생님. 아빠 만나러 가야 해요.

아빠는 집에 가서 보고 잔말 말고 따라와요. 이런 건 시간이 생명인데 지금 외래 접수하면 최소 일주일은 기다려야 된단 말야.

그녀의 손목을 잡아끌고 영동병원 응급실로 향했다. 가다 서다를 반복하는 택시 안에서 생각의 물줄기들이 한데 엉켜 소용돌이를 쳤다. 이렇게 젊은데 설마 암이겠어. 혹시 내가 차로 쳤을 때의 충격 때문에 수술한 자리가 잘못되었을 수도 있을까. 배 속의 덩어리가 처음 만져진 건 한두 달 전, 사고는 보름 전이었다. 그러니까 내 잘못은 아닐 것이다. 하지만 내 탓이 아니라고 해서 암 덩어리가 사라지지는 않는다. 만약 신이 있다면 친족 관계도 아닌 사람에게 간을 떼어 주고 배신당한 아이를 다른 병도 아닌 간암으로 데려가지는 않겠지. 하지만 나는 신을 믿지 않는다. 종교를 가져 본 적도 없다. 그저 암이 아니기만을 마음속으로 바라고 또 바랐다.

*

마리를 만났던 그 주 토요일 밤, 골프 약속을 다녀온 남편이 자는 척을 하던 나를 흔들어 깨웠다. 그의 손에 이끌려 거실로 나가 보니 식탁 위에 촛불 하나를 밝힌 케이크가 있었고, 천장에는 핑크색과 하늘색 풍선이 여남은 개 떠 있었다.

이게 다 뭐야?
오늘 당신 병원 오픈 일주년이잖아. 몰랐어?
…몰랐어.
병원 생일도 생일인데, 어서 소원 빌어야지.
괜찮은데 뭘 이런 것까지…. 내가 마지못해 촛불을 불자 남편이 와인을 따르며 말했다.
병원은 번창할 거야. 요즘 사람들 정신이 망가지고 있거든. 아 참, 공단에 제보 들어온 거 말야, 보육원 애들 진료비 때문인 것 같던데? 본인부담금 안 받으면 진료비 청구도 하면 안 되는 거 몰랐어?

무슨 소리야. 보육원 아이들 건 청구 안 했는데.

혹시 정 간호사가 실수한 거 아냐?

…정 간호사 지난달에 그만뒀어.

순간 머릿속에 전류가 흘렀다. 보육원 아이들을 봉사활동 삼아 무료로 상담해 온 것도, 정 간호사를 고용한 것도, 모두 남편의 소개를 통해서였다.

걱정하지 마. 당신 의사 면허에 손상 가는 일 없게 할 테니까. 근데 그러자면 뇌물도 먹여야 하고 아무래도 조심스러운 일이니까, 당신이 약속해 줘야 할 게 있어.

무슨 약속?

첫째, 이 일은 절대 비밀로 한다. 둘째, 비밀을 지키기 위해서라도 평생 이혼은 하지 않는다.

…그럼 당신이 바람을 피워도 난 이혼할 수 없다는 말이네. 의사 면허 잃기 싫으면 당신이 무슨 짓을 하든 상관 말라는 소릴 하고 싶은 거야?

넘겨짚지 마. 다 당신 보호하려고 하는 일인데. 게다가 거꾸로 생각하면 당신이 다른 남자를 만나도 이혼당하지 않는다는 말도 되잖아.

난 그런 거 싫어. 맞바람 피우는 여자들, 나한테 와서 수면제 처방받아 가는 게 일이야. 아무리 다른 애인을 만들어도 남편이 다른 여자와 있는 상상을 떨쳐 낼 수가 없대.

그래서, 아직 일어나지도 않은 일 때문에 병원 문 닫을 건 아니지? 당신 똑똑한 여자잖아.

입술을 깨물며 치미는 울분을 삼키었다. 그 맛은 비릿한 금속성이었다. 마음속 말들을 모두 쏟아 내고 싶었지만 그랬다가는 남편도, 의사 면허도 모두 잃게 될까 봐 두려웠다. 어느 쪽이든 마음의 준비가 필요했다. 내 비참한 침묵을 긍정이라고 생각했는지 남편의 목소리가 득의에 찼다.

그건 그렇고, 무슨 소원 빌었어?

…좋은 사람이 되게 해 달라고.

하하하, 당신 좋은 사람이잖아.

저녁때 입맛이 없어서 샌드위치를 사러 갔어.

그런데?

주문을 하고 기다리는데, 노란 머리에 빨간 야구모자를 쓴 남자가 에이씨, 음료수는 여기서 안 먹을 거라고 하면서 점원 아주머니한테 버럭 소리를 질렀어. 사람들이 다 쳐다봤어. 아주머니는 죄송합니다, 세트 메뉴로 주문하신 줄 알았어요, 연신 사과하면서 아들뻘 되는 손님에게 고개를 조아렸어. 창백하게 질린 얼굴로. 그 모습을 보는데 갑자기 낯선 염오감이 혈관을 타고 돌기 시작했어. 처음 보는 광경도 아닌데, 그저 시끄럽게 소란을 피우는 남자가 불쾌해 눈살 한 번 찌푸리고 지나칠 일인데. 그러다가 나도 모르게 눈물이 났어. 마치 혈관 속 염오감이 눈물로 변한 것처럼. 그래서 샌드위치를 건네받을 때 큰 목소리로 감사합니다, 하고 인사를 하면서 다정한 미소를 지어 보기로 작정을 했어. 그렇게라도 위로를 전하고 싶어서. 그런데 결국 입꼬리가 마음대로 움직여 주지 않았어. 아마 아주머니가 나한테서 무언가를 느꼈다면 그건 위로가 아니라 동정이었을 거야. 비웃음이거나. 가게를 나서는데 문득 깨달아지는 게 있더라. 나는 사람들한테 따뜻한 위로 한 번, 웃음 한 번 전하지 못하는 인간이구나. 병원 찾아와서 돈 내는 사람한테 친절한 척 상담 몇 분 해 주는 게 고작이면서 좋은 사람이라고 착각하며 여태 잘도 살아왔구나. 그런 생각을 하면서 집에 오는데 계속 눈물이 흐르는 거야. 내가 좋은 사람이 아니라는 사실이 너무 비참해서. 위로받을 자격도 없는 날 위로해 준 사람 생각이 나서…. 당신은 어때, 당신은 좋은 사람이야?

*

응급실에 그녀를 데려다주고 오후 진료를 위해 병원으로 돌아왔던 그 여름날, 마리는 간암을 선고받았다. 불행 중 다행으로 우엽에는 종양이 보이지 않아 색전술을 받을 수 있었다. 좌엽으로 가는 혈류를 차단해서 암세포를 쪼그라들게 한 뒤 잘라내기 위해서였다. 하지만 삼 주일 뒤 경과를 보기 위해 엠알아이 촬영을 했을 때, 암세포는 우엽은 물론 다른 장기까지 전이되어 있었다. 더 이상 손을 쓸 수 없다는, 몇 개월 남지 않은 죽음을 앉아서 기다리는 수밖에 없다는 말을 들은 이튿날, 그녀는 나에게 찾아와 잔잔한 미소로 말했다.

선생님, 이번 주 일요일 날 시간 있으세요?

그 주 일요일, 마리의 스물두 번째 생일 파티가 열렸다. 노을을 닮은 주홍빛 드레스를 입은 그녀는 변함없이 환하게 웃고 있었다. 이미 음식을 거의 먹지 못하고, 먹더라도 게워 내고, 사과알만큼 커진 암 덩어리가 수시로 극심한 통증을 일으키는 상황에서 생일 파티라니. 하지만 웃어야 할지, 울어야 할지 몰라 하던 초대객 스물네 명의 손을 맞잡고 한 마리 멧금처럼 재잘대며 웃는 그녀를 보면서, 누구도 슬픈 얼굴을 할 수 없었다. 아니, 그 순간만큼은 정말로 슬프지가 않았다. 마지막이라는 생각도 들지 않았다.

그날 참석자들과 인사를 나누던 나는 요전에 그녀가 했던 말의 의미를 뒤늦게 알고 충격에 빠졌다. 만나기로 했다던 그녀의 아빠가 세 살 때 이미 돌아가셨다는 사실을 알게 되었기 때문이다. 분명 아빠 만나러 가야 해요, 라고 했다. 암을 선고받기도 전인데, 얼굴도 기억나지 않을 죽은 아빠를 만나러 가겠다니. 아마도 자신의 죽음을 보았거나 죽은 아빠를 만나고 왔기 때문이었으리라. 그렇다면 언젠가 나도 그녀를 다시 만날 수 있지 않을까.

검은 비가 내렸어요. 우산을 쓴 사람들의 옷이 까맣게 젖어 들고 얼굴이 초록색으로 변해 가는데, 선생님 혼자 하얀 옷을 입고 눈부시게 빛나고 있었어요. 그러니까 아무것도 두려워 마세요. 결국 빛날 거니까. 내 말을 믿어요.

그 수수께끼 같은 말이 마지막이 될 줄 몰랐다. 생일 파티가 끝난 직후 그녀의 상태는 급격히 악화되었고, 입원한 지 나흘 만에 결국 호스피스에 들어갔다. 면회를 갔을 때, 옆구리와 목과 머리에 파이프와 전선 들을 주렁주렁 매단 채 과량의 모르핀으로도 어쩔 수 없는 끔찍한 고통에 몸부림치는 그녀를 보면서, 마치 모든 인류의 고통을 혼자 짊어진 사람 같다고 느꼈다. 쏟아지는 눈물을 닦으며 생각했다.

저 아이가 저렇게 죽는다면 이 세상에 살아 있을 자격이 있는 사람은 아무도 없다. 그럼에도 불구하고 잘도 살아가겠지. 산 사람은 살아야 하지 않겠냐며. 스스로를 좋은 사람이라고 착각하면서 꿈이라는 이름으로 겹겹이 포장된 이기적인 욕심을 향해 죽을 때까지 달리겠지. 서로 밟고 밟히면서.

*

아폴로 신이 쏜 화살처럼 시간은 흘러갔다. 다시 낙엽이 지고 서리가 내렸다. 이제 막 크리스마스 장식이 하나둘 내걸리기 시작한 십이월 초순의 거리에 진눈깨비 같은 첫눈이 내리고 있었다. 진료실 창밖으로 비 섞인 눈을 맞으며 앙상한 팔을 뻗은 채 벌 받는 아이처럼 꼼짝 않고 서 있는 나무가 꼭 내 모습 같다고 느끼던 순간, 전파를 타고 부고 문자가 날아들었다.

*

사흘 뒤, 장지인 서울추모공원에서 간소한 장례식이 있었다. 빈소를 차리고 하는 삼일장을 생략해 달라는 고인의 유언이 있었기 때문이었다. 목사인 마리 할아버지가 성경 구절을 낭독하는 것으로 장례식이 시작되었다.

주께서 호령과 천사장의 음성과 하나님의 나팔소리
와 함께 친히 하늘로부터 내려오시리니, 그리스도

안에서 죽은 자들이 먼저 일어나고, 그 뒤에 살아서
남아 있는 우리가 그들과 함께 구름들 속으로 채여
올라가 공중에서 주를 만나리라.

낯선 성경 구절을 들으며 나는 생각했다. 정말 마리를 다시 만
날 수 있을지도 모른다고. 종교를 가져 본 적 없던 나에게 마리
는 눈에 보이지 않는 미지의 세계가 실존한다는 사실을 분명하
게 가르쳐 주었다.

이어지는 친구들의 증언 속 마리는 내가 느꼈던 그대로였다.
예쁜 외모를 뽐낼 줄도, 명석한 두뇌를 자랑할 줄도 모르던 사
람. 처음 만난 이에게도 한없이 친절하던 사람. 줄 수 있는 건 아
낌없이 다 주던 사람. 손해를 보고도 기뻐하던 사람. 그중 한 친
구의 추도사가 뇌리에 남았다.

어쩌면 마리는 이 세상에게 과분한 존재였는지 모
릅니다. 어둠뿐인 세상이 그녀의 빛을 도저히 집어
삼킬 수 없어서 뱉어 버렸다는 생각이 떠나질 않습
니다. 저는 이제부터 마리가 남기고 떠난 가슴속 유
산을 소중하게 지키며 살아가려 합니다. 그것이 제
인생의 목표가 되었습니다.

유산은 죽음으로 인해 남겨지는 무엇이다. 결별이 이룩하는 축복, 죽음이 완성하는 유산. 분분히 꽃은 졌지만 갈라진 꽃술에서 나온 씨앗 하나가 내 가슴속 검붉은 질흙 속에 남았다.

*

장례식이 있은 이튿날 심한 배앓이를 했다. 약을 먹어도 통증이 가라앉지 않았다. 나도 모르게 오른쪽 배를 더듬다 덩어리가 만져지지 않음에 안도감을 느꼈다. 문득 그런 나 자신이 견딜 수 없이 미웠다. 좋은 직업, 좋은 집, 좋은 차 따위를 못 잃어서 깨진 사기그릇 같은 결혼을 붙들고 남몰래 남편과 다른 여자의 모습을 상상하는 내가 벌레보다 못하게 느껴졌다. 이대로는 죽어도 마리를 만날 수 없을 것 같았다. 지옥에는 그녀가 없을 테니까.

*

나흘째 계속된 맹추위로 얼어붙은 서울의 메마른 거리를 걷는다. 가게마다 내걸린 휘황한 장식, 붉은 빛의 띠를 이룬 자동차 미등 들을 본다. 꽃다발과 선물 꾸러미를 든 상기된 얼굴들 사이를 이방인처럼 지나친다.

아파트 정문 앞, 커다란 크리스마스 트리 앞에서 걸음을 멈추고 고개를 든다. 천 개의 전구가 나선형으로 둘러쳐진 집채만 한 나무의 우듬지에 육각성이 차갑게 빛난다. 잠시 아름답다고 느끼다가, 별 하나 없는 검은 하늘이 눈에 들어온다. 보이지 않는다. 별이 된 그녀가 저기 어디쯤 있을 텐데, 땅의 빛이 하늘을 온통 가려서 보이지 않는다. 도시 전체의 전원을 뽑아 버리고 싶다고 생각하는 순간, 눈이 내리기 시작한다. 어디선가 그녀의 목소리가 들려온다.

선생님 혼자 하얀 옷을 입고 눈부시게 빛나고 있었어요. 그러니까 아무것도 두려워 마세요. 결국 빛날 거니까. 내 말을 믿어요.

그 말을 믿어 보기로 마음을 굳힌다. 아무것도 두려워하지 않기로 다짐하면서 아치 모양의 아파트 공용 현관을 지나 엘리베이터에 오른다. 현관문을 경쾌하게 열고 들어간다. 남편이 크리스마스이브를 위해 예약해 둔 스테이크하우스에 갈 준비를 하는 대신, 여행 가방을 꺼내 물건들을 담는다. 화장대 서랍에서 잠자고 있는 이혼 서류를 꺼내 도장을 찍고, 찢어 낸 노트 한 장에 볼펜으로 써 내려간다.

한때 나의 남편이었던 재민 씨,

당신은 나에게 참 많은 것들을 주었지. 고맙게 생각해. 덕분에 누릴 수 있었던 나날과 그 속에서 당신과 함께했던 순간들이 지금도 내 안에 남아서 이 편지를 쓰는 일을 힘들게 하고 있어. 앞으로도 한동안 생각이 나겠지. 추억은 사랑보다 오래가는 법이니까. 그럼에도 이제 나는 당신을 떠나려 해. 알아, 당신을 떠난다는 게 어떤 의미인지. 내가 가진 좋은 것들을 모두 잃겠지. 아마도 다시는 누릴 수 없겠지. 하지만 상관없어. 사람의 인생에 그런 건 하나도 중요하지 않다는 사실을 마침내 깨달았거든.

이제 이 집을 나서면 본집으로 내려갈 거야. 거기서 당분간 어떤 사람에 대한 글을 써 보려고 해. 내 어릴 적 꿈이 작가였다고 말했지? 기억이 희미해지기 전에 기록을 남기고 싶은 사람이 생겼어. 어느 날 갑자기 바람처럼 왔다가 천사처럼 가 버린, 좋은 사람이 되고 싶은 마음과 다 버릴 용기를 남기고 훌쩍 떠난 사람이 있거든.

환자들과 간호사한테는 개인적인 사정으로 병원을 닫게 되었다고 말해 놨어. 보증금, 인테리어, 다 당신 돈으로 했잖아. 돌려주는 거야. 차 키도 놓고 갈게. 옷, 가방, 구두, 장신구 들까지, 당신에게 받은 모든 것과 내 도장이 찍힌 이혼 서류를 남기고 갈게.

나를 찾지 말아 줘. 더 이상 당신에게 원하는 것도,

당신이 해 줄 수 있는 것도 없으니까.

편지를 이혼 서류 위에 놓고, 그 위에 차 키와 결혼반지와 시계를 문진처럼 올려둔다. 이천삼백칠호의 육중한 현관문이 등 뒤에서 소리 없이 닫힌다. 아래쪽을 가리키는 삼각형 모양의 버튼을 누르고 엘리베이터를 기다리는 동안 이제 내 인생은 내려가는 일만 남은 건가, 하는 생각이 엄습한다.

불안감을 떨치며 아치 모양 공용 현관을 나선다. 거대한 크리스마스 트리 앞에 다다르자 나도 모르게 하늘을 올려다본다. 깜빡이는 우듬지의 육각별을 지나 아득한 검은 하늘이 시야를 메우는 순간, 선명한 하얀 빛으로 반짝이는 별 하나가 눈에 들어온다.

This novel is dedicated to my beloved cousin Isabel Lee.

나와 너, 우리

하늘나무

할아버지가 지어 주신 내 이름의 한자 뜻은 하늘나무다. 그래서일까. 딱히 이름값을 하겠다는 마음은 없었지만 자라면서 나도 모르게 이름대로 살게 되었다.

숲에는 키가 다양한 나무들이 살고 있었다. 하늘까지 뻗은 높은 나무가 되고 싶었던 나에게 키 작은 나무들은 눈에 들어오지도 않았다. 드문드문 서 있는 높은 나무들만 보였다. 그 나무들은 구름에 가려 끝이 보이지 않았다. 분명히 하늘에 닿은 것이 틀림없어 보였다. 부러웠다.

그들처럼 되고 싶었던 나는 뿌리를 한껏 뻗치고 잔가지마저 아껴 가며 키가 자라는 일에만 모든 신경을 집중했다. 그 덕에 똑같이 비가 내려도 다른 동년배 나무들보다 키가 빨리 자랄 수 있었다. 주위의 나무들이 나를 올려다보기 시작했다. 숲에서 가장 키가 큰 나무들도 나를 곁눈질로 알아봐 주기 시작했다. 우쭐한 마음에 나는 뿌리를 더 힘차게 뻗어 한껏 물을 빨아들였다.

구름을 뚫고 자라나는 데 성공했을 때였다. 주변의 키 큰 나무들이 축하인사를 건네 왔다. 긴 가지를 뻗어 뿌듯한 악수를 나누기도 했다. 하지만 나는 눈을 의심해야 했다. 아직 나보다는 키가 한참 큰 그들이지만 분명히 그 나무들의 끝이 가깝게 보였고, 하늘은 아직도 저 멀리 닿을 수 없는 높이에 있는 것이었다.

키가 높아질수록 오히려 산소가 희박해 숨을 쉬기가 힘들다는 것도 깨달았다. 나무라는 존재에게 하늘에 닿는 일 따위는 애초에 불가능한 게 아닐까 하는 생각에 나는 무너져 내렸다. 그동안 줄곧 위만 바라보던 고개를 힘없이 땅을 향해 떨구었다.

주변의 키 작은 나무들이 눈에 들어왔다. 어린 시절부터 늘 그곳에 서 있던 그들을 그제서야 처음으로 자세히 살펴보게 된 나는 깜짝 놀랐다. 대체 이 나무들은 무엇 때문에 이렇게 가늘고 키도 작은 데다 시들기까지 해 버렸을까. 순간 사방으로 뻗어 있는 내 뿌리가 떠올랐다. 더 크게, 더 높이 자라기 위해 다른 나무들의 자리까지 온통 뻗어서 물을 빨아들이고 있었던 것이다. 다른 큰 나무들의 주변 사정은 더 처참했다.

지나온 모든 인생이 후회스러웠다. 차라리 어느 나무들처럼 병이 들어 말라 죽거나, 벼락이라도 맞아 불타 버리는 것이 낫겠다는 생각이 들었다. 그러자 진짜로 병들어 앓기 시작했다. 키가 줄어들고 줄기가 가늘어졌다. 잎도 시들어 떨어져 내렸다. 그러던 어느 겨울날 밤, 마침내 번개가 내리쳐 몸에 불이 붙었다. 몸이 안에서부터 활활 타고 재가 되기 시작했다.

그래, 나무가 하늘까지 닿게 자라다니 그런 일 따윈 없는 거야, 하늘나무 같은 건 처음부터 없는 거였어, 이제 살아야 할 의미가 없어, 이대로 재가 되어 없어지는 게 나아, 속으로 되뇌며 눈을 감았다. 그때, 하늘에서 목소리가 들려왔다.

"하늘나무는 하늘까지 자라나는 나무가 아니란다. 하늘나무는 다른 나무들과 함께 사이좋게 하늘을 바라보는 나무다. 이제 넌 새로 태어났으니 나를 바라보며 영원히 나와 함께할 것이다. 난 네가 태어나기 전부터 너를 지켜보고 있었다. 나는 하늘이다."

눈을 떠 보니 숲에 봄이 찾아와 있었다. 내 키는 다른 나무들과 엇비슷할 정도로 줄어들어 있었고 뿌리도 쪼그라들어 있었지만, 태어나서 처음 느껴 보는 평화롭고 포근한 느낌이 나를 감싸 온다. 가장 크게 달라진 점이라면, 내 주위의 나무들이 생기를 되찾기 시작했다는 것이었다.

되살아난 나무들은 웃는 얼굴로 나를 바라보며 고맙다는 눈빛을 보내왔다. 나는 그들에게 눈인사를 건네고는 말없이 하늘을 올려다보았다. 그러자 다른 나무들도 얼굴을 들어 하늘을 바라보았다. 귓가에는 아직도 그 겨울날 밤 들었던 목소리가 울리는 듯하다.

'이제 넌 새로 태어났으니 나를 바라보며 영원히 나와 함께할 것이다. 나는 하늘이다.'

저 멀리, 구름 위에서 숨을 헐떡이고 있을 키가 큰 나무들과 그 주변의 시들시들 앓고 있는 나무들이 보인다.

You Matter

당신은 아마도 남들이 알지 못하는 많은 고통과 희생을 감내해 왔을 것이다. 사람들이 겉보기로 판단하는 것과는 전혀 다른 면모를 많이 가지고 있을 것이며, 그중 어떤 부분은 세상에 알려지기만 하면 찬사를 받을 것이고 어떤 부분은 알려지는 즉시 사회적인 매장을 당할지 모른다.

당신은 아마 삶에 대한 자신만의 기준을 가지고 있을 것이다. 어떤 부분은 이기적인 대로, 부도덕한 대로, 혹은 프라이버시란 이름으로 타협하고 있을 테지만, 그래도 어떤 선만은 지키려고, 그래서 나름 좋은 사람이려고 끊임없이 싸우고 있을지 모른다.

그럼에도 불구하고 돌이킬 수 없는 선택을 해 버린 적이 있을 것이며, 그로 인해 가면을 쓰고 살아가고 있을지 모른다. 거짓말이 또 다른 거짓말을 계속해서 요구하지만, 그것에 최대한 저항하는 중일지 모른다. 그 와중에 아무에게도 털어놓을 수 없는 상처를 홀로 싸매고 묵묵히 살아 내고 있을지도 모른다.

만약 당신이 욕심을 채우기 위해서라면 안 보이는 곳에서 무슨 짓이든 하는, 악마에게 영혼을 완전히 팔아 버린 사람이 아니라면, 아마 당신은 그래도 나로 인해 세상이 조금은 나은 곳이었으면 좋겠다는 생각을 가슴속 깊이 어딘가에 품고 있을 것이다. 모든 상처와 결함들이 끊임없이 당신을 늪으로 잡아끄는 중일지라도.

당신은 중요하다. 입에 담기조차 힘든 일들이 도처에서 끊임없이 일어나는 가혹한 세상, 욕심에 못 이겨 한쪽 발을 거기 같이 담가 버린 당신이어도, 여전히 중요하다. 조폭이어도 상관없고, 잘나가는 사업가여도, 방구석 백수여도, 평범한 회사원이어도, 아니면 창녀여도 상관없다.

당신이 중요한 이유는 잘나거나 못나서가 아니다. 당신의 일거수일투족에 세상이 변하기 때문이다. 당신이 옳지 않은 일, 알려지면 안 될 비밀스런 일을 하나씩 멈출 때마다 세상이 조금씩 나은 곳으로 변하기 때문에, 당신은 중요하다.

우리는 사실 세상을 좋은 곳으로 만들기 위해 무엇을 하면 되는지 구체적이고 명확하게 알지 못한다. 보기에 좋아 보이는 일도 그 이면은 전혀 다른 경우가 많고, 나름 좋은 의도로 한 일이 항상 좋은 결과를 가져오지는 않기 때문이다. 하지만 세상을 지옥에 한 발 가까워지도록 만드는 일들이 무엇인지 우리는 안다. 혼자 있을 때 조용히 떠올려 보면 모두 알 수 있다. 어떤 게 좋지 못한 일인지를.

당신이 그 일을 하는 것을 멈추게 할 수 있는 사람은 세상에서 당신밖에 없다. 인생이란 우리들 각자에게 공평하게 하나씩 주어졌으며, 그것을 사용하는 방식에 대해서는 하늘이 자유의지를 부여한다. 사람이 사람을 죽여도 일단은 자유다. 아마도 살인이 허용되지 않으면 누가 살인자인지 알 수 없기 때문에.

그래서 더욱 당신은 중요하다. 매순간 당신의 선택이 마치 연못의 물결처럼 때로는 가깝게, 때로는 멀리 퍼져 나간다. 그리고 그 물결이 다른 사람에게 가 닿으면 다시 그 사람의 선택을 좌우한다. 그리고 그 선택은 또 다른 누군가의 선택을, 다시 또 누군가의 선택을 좌우할 것이다. 당신의 선택이 항상 누군가에게 영향받은 것이듯이.

그렇게 작은 물결이 퍼지고, 겹치고, 다시 퍼져서 온 세상을 뒤덮는다. 단지 어디서 시작된 물결인지 모를 뿐이다. 그 속에서 당신은 어떤 물결을 전달할 수도, 끊을 수도, 시작할 수도 있다. 그래서 당신은 세상만큼 중요하다. 이제부터 아무리 작은 일이라도 철저히 양심대로 행해서, 넌 아무것도 아니라고 귓가에 속삭이는 비밀을 먹고 자라온 악마에게 빅엿을 날려 주면, 당신은 이미 챔피언이고 히어로다. 세상을 좋은 곳으로 만드는 슈퍼히어로. You matter.

모래알 같은 사람

해변에 가면 사람들은 바다를, 수평선을 바라본다. 에메랄드 빛 수면, 시간의 흐름에 따라 무지갯빛으로 온 세상을 물들이는 태양을 바라본다. 거기서 모래사장의 존재란 선베드를 올려놓거나 다리를 묻고 모래찜질을 하거나 연인들이 서로의 이름을 새기는 배경 또는 조연 정도에 불과하다. 아무도, '우와, 여기 이 모래 좀 봐' 하면서 바라봐 주지 않는다.

하지만 현미경으로 250배쯤 확대해 보면 얘기가 달라진다. 충분히 자세히 보면, 아름다운 해변에서도 가장 아름다운 존재는 단연 모래알들이란 걸 알 수 있다. 바닷물이나 구름, 사람의 몸을 수백 배 확대해 보면 세균이나 각질, 미생물, 먼지, 담뱃재, 중금속 입자 같은 것들이 보일 뿐이다. 하지만 모래 알갱이들은 그제서야 감추고 있던 보석과도 같은 진짜 모습을 비로소 드러낸다.

바윗돌이 세상의 온갖 압력과 마찰, 충격, 물에 의한 침식, 바

람에 의한 풍화, 태양의 열기를 충분한 세월 동안 견뎌 낸 결과
일까. 모래 알갱이들은 하나하나 각자의 모양을, 이야기를 가지
고 있다. 우연인 것만 같던, 불합리해 보이던 고난들이 전혀 불
합리한 것도 우연도 아니었음을 온몸으로 증명한다. 보석이 되
기 위해, 독특한 자기만의 색깔과 모양을 지닌 아름다운 존재가
되기 위해 그렇게도 버겁던 세월이 존재했음을 증명한다.

인간의 시력 정도로만 바라보면 무심코 지나칠 수밖에 없는,
그냥 옅은 브라운 혹은 아이보리색의 어디에나 얼마든지 있는
흔하고 하찮은 존재라고 인식할 수밖에 없는 모래. 그런 모래가
육안에는 보이지 않는 놀라운 아름다움을 가졌다는 사실을 아
는 사람은 많지 않다. 하지만 한번 그 사실을 알게 되면 다시는
모래를 전과 같은 시선과 관념으로 바라볼 수 없다. 감춰진—더
본질에 가까운—진짜 모습을 알아 버렸기 때문이다.

사람도 비슷한 원리가 적용되지 않을까. 채석장에서 막 잘라
내 온 커다란 바위를 돈과 품을 들여 인위적으로 깎고 다듬어 만
든 석상이나 자연을 돌아다니며 수집한 인상적인 모습의 수석
들은 한눈에 세상의 시선을 사로잡는다. 그래서 값도 비싸다.
하지만 그것들은 아직 침식이, 풍화가, 압력이, 마찰이, 고난이
무엇인지 모른다. 오래지 않아 코가 닳아 없어지고, 뒤이어 목
이 부러져 나가고 나서야 본래의 모습을 고백하듯 드러낸다. 아

직 하나도 다듬어지지 않은 주제에 폼만 잔뜩 잡고 서 있었다는
걸 온몸으로 고백한다.

하지만 육안의 한계를 초월한 '신의 시력'으로 보아야만 진짜
모습을 볼 수 있는 모래 알갱이들은 어떤가. 그들에게는 더 이상
두려울 것도, 아플 것도 없다. 이미 다 겪었기 때문이다. 오랜 시
간 온몸으로 기꺼이 모든 고난 오롯이 받아 내는 동안, 더 이상
낮아질 데 없이 낮아졌기 때문이다. 그러자 모래 알갱이들에게
어떤 일이 일어났는지 우리는 현미경의 능력을 빌어 확인할 수
있다. 그 많은 모래 알갱이들이 마침내 저마다 독특한 자기만의
아름다운 형태와 빛깔로 반짝이고 있음을. 저마다 반짝이며 입
을 모아 세상의 원리를, 이 세상에 우연이란 하나도 없다고, 어려
운 때일수록 더 힘을 내서 진실된 마음을 지키라고, 견뎌 내고 나
면 아름다운 보석이 되어 있는 자신을 발견하게 될 거라고, 조용
하지만 분명한 목소리로 또박또박 말해 주고 있다는 걸.

사랑이란

결혼과 다이아몬드

"진실은 말이죠. 우리가 다이아몬드에 대해서 말할 수 있는 것이란 전부 그 '결점'에 있다는 겁니다. 완벽한 다이아몬드가 있다면 그건 오로지 빛으로만 구성되어 있을 테니까요. …기억하세요, 메리트를 찾는 게 아닙니다. 이건 시니컬한 비즈니스예요. 우린 오로지 불완전한 점만을 찾습니다. …스톤의 영원한 운명을 함께한다, 소박하다고만은 할 수 없는 소망이죠. 하지만 이것이 애정의 의미 아닐까요? 애정하는 대상의 아름다움을 드높이기 위해서 그녀의 결점과 함께 그 결점의 고귀함까지 인식하는 일. 가장 고귀한 정신으로 어둠을 향해 우리는 인생의 보잘것없음 따위에 위축되지 않을 거라고 선포하는 일. 그런 이유 따위로 가벼운 존재가 되지는 않을 거라고."

— 코맥 맥카시, 『카운슬러』

결혼하는 부부는 다이아몬드 반지를 주고받는다. 몇 캐럿인지는 중요하지 않다. 영원히 변치 않는 다이아몬드처럼, 검은 머리가 파뿌리가 되고 백골이 진토 되어 흙이 되어도, 이 사랑만은 영원하리라 다짐한다.

다이아몬드가 채굴되면 감정사들은 오로지 '흠' 또는 '결점'만 찾는다. 나이트로젠의 작용으로 생겨나는 미세한 옐로우 혹은 브라운 빛깔과 '깃털'이라고 부르는 이물질이 그것이다. 그 결점이 어떤 것이냐에 따라 다이아몬드는 비로소 자기만의 고유성을 갖는다. 무결점의 다이아몬드는 존재하지 않으며, 혹시 존재한다고 해도 그건 빛으로만 구성되어 있을 것이기에 더 이상 다이아몬드가 아닌 무엇이 된다.

연애를 할 때 상대방의 장점에 매료되어 관계를 맺고 나면 언제나 시간의 흐름과 함께 그 장점이 퇴색되는 것을 발견한다. 그러고 나면 장점에 가려져 보이지 않던 단점들이 난데없이 나타나 점점 자라기 시작한다. 더 큰 장점을 가진 다른 사람들도 눈에 들어오기 시작한다. 사랑이 희미해지다가 어느 순간 더 이상 느껴지지 않는다. 그 자리엔 익숙한 편안함만이 남는다. 아무리 장점이 대단한 사람을 만나 보아도 언제나 패턴은 같다. 시간문제일 뿐이다.

배우자에게 생활비를 이백만 원 받아도, 오백만 원 받아도, 칠백만 원 받아도, 언제나 백만 원이 부족하다. 배우자의 외모는 언젠가부터 늘 2% 부족하다. 장점은 바닷물과 같아서 처음에만 시원하고 마실수록 목이 마르다. 그때 옆에서 바닷물을 열심히 마시는 다른 사람을 보면, 저 물은 분명 갈증을 말끔히 해소해 줄 거라 생각한다. 바닷물 권하는 사회. 그런 사회에서 억만장자의 아내는 운전기사와 바람을 피우고, 억만장자는 가정부와 바람을 피운다. 그들은 스스로를 멈출 수 없다. 마실수록 목이 마르기 때문이다.

그런 사회임을 감안하면 '한 사람과 어떻게 100세 인생을 함께하느냐'라는 류의 강변도 이해는 간다. 그런데 혹시 90세 인생이라면 괜찮을지 묻고 싶다. 90세도 조금 곤란하다면 80세 인생은 어떨지, 70세 정도면 괜찮을지 묻고 싶다. 실상은 이런 생각을 하는 사람들은 이미 40세도 되기 전에 배우자의 사라져 버린 장점의 흔적과 흐릿해져 가는 양심과 세상의 유혹들 사이에서 부유하기 마련이다.

살다가 다이아몬드 같은 사람을 발견하면 우리는 무의식적으로 연애를, 결혼을 꿈꾼다. 다이아몬드를 발견한다는 것은 '이끌림'이다. 이끌림을 느끼면 함께하고 싶어진다. 되도록이면 오래, 가능하다면 영원히. 하지만 어렵게 발견한 다이아몬드의 영원한 운명을 함께하려면 그 다이아몬드만의 고유한 '결점'을 잘 알고 거기서 비롯되는 고귀함을 느낄 수 있어야만 한다.

완벽한 다이아몬드는 더 이상 다이아몬드가 아니듯이, 완벽한 사람은 더 이상 사람이 아니다. 그는 예수 그리스도이거나 만물의 창조주, 혹은 신으로 불리는 존재일 것이기 때문이다. 그 완벽한 존재로부터 미달하는 지점들이 우리들 각자에게 고유성을 부여한다. 결점에 의해 부여되는 고유성. 그러므로 결점이란 개선이 필요한 부분인 동시에 고유성을 부여해 주는 소중한 부분이기도 하다. 따라서 결점을 소중히 여길 수 있는 것이 진정한 애정이다.

장점을 사랑하는 건 욕망이지, 애정이 아니다. 다이아몬드에게 고유성을 부여하는 결점의 고귀함을 아는 '애정'이 있다면 백 년이면 어떻고, 만 년이면 어떨까. 짧든 길든 그 시간 속에 어둠은 찾아올 것이다. 그러면 그 어둠을 향해 외치자. 존재의 가벼움과 보잘것없음을 이유로 우리에게서 이 고귀한 사랑의 정신을 빼앗아 갈 수는 없을 거라고.

그게 무슨 사랑이라고

길을 걷다 바람에 실려오는 오렌지 향기에 홀리듯이 이끌려 향기의 발원지를 찾아내어 하나 따서는 기어코 한 입 베어 물고 마는 것이 사랑인가. 그렇게 오렌지 맛을 안 뒤부터 오렌지가 세상에서 제일 좋다며 집을 오렌지로 가득 채워 두고 아침저녁으로 매일 오렌지만 먹는 것이 사랑인가.

그러다 결국, 생각보다 빨리, 몇 달 못 가서 이제 아무 맛도 느껴지지 않는다며 내심 슬슬 질려하는 것이 사랑인가. 그러면서도 오렌지를 전부 내다 버리면 그나마 아쉬울 때 먹을 것이 없을까 봐 일단은 그대로 두는 것이 사랑인가.

그러다 우연한 자리에서 딸기를 보고는 갑자기 상실했던 입맛이 무섭게 되살아나고, 오렌지가 기다리는 집으로 돌아가서도 딸기 생각을 하는 게 사랑인가. 결국 오랜만에 되살아난 입맛을 어쩌지 못해 어떻게든 수를 써서 남들 몰래 딸기를 잔뜩 먹고야 마는 게 열정이고 젊음이고 사랑인가.

언제 오렌지를 좋아했는지 기억도 나지 않을 정도로 비밀스런 딸기의 맛에 취해 살던 어느 날, 문득 입맛이 예전 같지 않음을 느끼고는 진정한 사랑이 없는 인생은 참 불행하구나, 신세를 한탄하기 시작하는 게 사랑인가. 그러던 어느 날 울적한 마음 달래러 간 술집에서 우연히 안주로 나온 바나나를 맛보고는, 사실 나는 바나나가 잘 맞는 사람이었구나, 여태껏 나도 나를 모르고 살아왔구나, 깨닫는 게 사랑인가.

오렌지 없이는, 딸기 없이는 하루도 살지 못할 것만 같던 시간이 마치 애초부터 존재한 적이 없었던 것처럼, 새로 알게 된 바나나의 묘한 향과 단맛에 흠뻑 젖어서는, 그래, 난 아직 살아 있구나, 느끼는 게 사랑인가.

마음이 가는, 좋아하는 사람을 만나는 것이 사랑인가. 머릿속에 계속 떠올라 둥둥 떠다니는 사람을 언젠가 기어코 맛보고 마는 게 사랑인가. 입맛 당기는 열정을 사랑이라 포장해서 접근하고, 뭐든 감수해 가며 일단 달콤한 맛을 보는 것이 사랑인가. 아니면 그런 상대방의 일시적인 입맛을 보기 좋게 역이용해서 이득을 꾀하는 게 사랑인가.

인간의 사랑이 슬프고 비루한 이유는 오렌지나 딸기가 미치도록 먹고 싶은 입맛 비슷한 것을 사랑으로 잘못 알기 때문이다. 누군가의 충동적인 입맛을 이때다 싶어 영악하게 이용하고 또 역으로 이용당하기 때문이다. 입맛과 입맛, 혹은 입맛과 그걸 이용하려는 머리가 만났을 뿐인데 그런 걸 사랑이라고 스스로를 속이기 때문이다.

사랑이란 약속이다. 책임이고 희생이다. 정말 달콤할 것 같아, 평생 맛볼 수만 있다면, 하고 생각하는 건 입맛이지 사랑이 아니다. 그런 싸구려 입맛은 오늘 처음 본 모르는 이성을 보고서도 얼마든지 느낄 수 있다. 약속을 하고, 책임을 지고, 기꺼이 손해 보고 희생하고 싶다, 라는 생각이 들어야 사랑이다.

우리는 잘못 배웠고, 잘못 살았고, 잘못 가르쳐 왔다. 부모가 자식을, 친구가 친구를, 작가가 대중을, 서로가 서로를 망치는 문화를 쌓아 왔다. 문화와 예술이라는 이름으로 너무 많은 사람의 영혼을 지옥으로 인도했다. 사랑이 아닌 것을 사랑이라 부름으로써.

사랑은 잘 먹자고 하는 것도, 잘 살자고 하는 것도 아니다. 사랑은 잘 죽기 위해 하는 것이다. 그래야 잘 살 수도 있게 된다. 언제 죽을지 모르는 인생살이, 잘 죽기 위해서는 매일을 인생의 마지막 날처럼 진실되게 사는 수밖에 없기 때문이다. 잘 살려고 버둥거리다 보면 잘 죽는 길에서 벗어나고 만다. 그럼 사랑도

할 수 없게 된다. 남는 건 입맛뿐이다. 어쩌면 요즘 사람들이 사랑을 하기 힘들게 된 건 너무 다들 잘 살려고 버둥대고 있기 때문일지도 모른다. 그래서 잘 죽을 수 없게 되어 버렸기 때문일지도.

사랑은 값없는 것

자본주의의 맹점은 사랑에도 값을 매긴다는 점에 있다. 사실 이 세상에서 소중한 건 전부 공짜라는 사실을, 공짜만이 진짜 사랑을 의미한다는 걸 간과한다는 점에 있다. 그러다 보니 연애도 '연애시장'이 되고 결혼도 '결혼시장'이 되어 버린다. 하지만 사랑은 시장에서 살 수 없다.

누군가를 사랑할 때 돈 받고 사랑에 빠지는 사람은 없다. 사랑이란 본래 '내 모든 걸 공짜로 줄게'라는 마음을 갖는 것이고 상대방도 똑같은 마음일 때 이루어진다. 그래서 부부 간에는 절도죄가 성립하지 않는다. 네 것이 내 것이고 내 것이 네 것이기 때문이다.

자라면서 우리는 친구의 값 없는 우정을 배우고, 부모의 무조건적인 사랑도 배우고, 값 없이 이웃과 나누는 마음도 배운다. 우리 삶을 가치롭게 하는 것들이란 진실로 이런 값 없이 베푸는 것들뿐이다.

선물이 소중한 이유도 값을 내지 않고 받았기 때문이다. 단순히 '공짜'로 쓸모 있는 것을 얻었기 때문에 '이득'을 봐서 좋아하는 게 아니다. 값 없이 주어진 것만이 '의미'가 부여되기 때문이다.

이 세상에서 하찮은 것들은 모두 돈을 주고 사야 하지만 소중한 것들은 모두 공짜다. 값 없이 우리에게 주어진다. 어머니의 자궁 안에서 잉태될 때 부모나 우리 자신이 누구에게 돈을 내고 생명을 얻지 않았다. 태어나 보면 숨 쉴 공기가 값 없이 주어지고, 공기를 덥혀 주는 따사로운 햇빛도, 마실 물도, 발 디딜 흙도, 음식을 익히고 목욕물을 덥힐 불도, 꿈을 꾸게 하는 달빛과 별빛도, 모두 값 없이 인간에게 주어진다. 하지만 자본주의는 이제 물과 공기까지 값을 매겨 판매하기에 이르렀고 언젠가는 햇빛과 달빛에도 값을 매겨 사라고 할지 모른다. 그다음엔 아이를 낳을 수 있는 쿠폰을 팔 수도 있다. 혹은 아이를 낳으라며 돈을 주거나.

소중한 것들은 값 없이 주어진다. 그리고 그것들은 사랑의 원천이 된다. 값 없는 사랑이 아닌 사랑은 '매매'가 된다. 우린 더 늦기 전에 이 사실을 깨달아야 사랑을 할 수 있다. 값 없는, 그래서 감사하고 소중하고 의미 있는, 마치 눈부신 아침 햇살처럼 벅찬 사랑을.

나는
좋은 사람일까

당신의 비밀을 폭로하겠어

영화 〈내부자들〉에서 검사(조승우 분)가 마지막에 악당들의 숨통을 끊어 놓은 방법은 '비밀의 폭로'였다. 밀실에서 비밀스럽게 알몸으로 했던 일들이 온 세상에 동영상으로 뿌려지는 순간 악당들은 마치 태양에 노출된 뱀파이어처럼 사멸하고 말았다. 사실 다른 대부분의 영화나 드라마에서 등장인물끼리 치고 박으며 싸우는 내용의 요점도 '누가 어디까지 알고 있느냐'다. 악당들은 반드시 비밀을 가지고 있고 그 비밀을 지키기 위해 점점 더 큰 거짓말을 하다가 결국 헤어나올 수 없는 길을 가기 때문이다.

모든 악당들은 비밀이 폭로되면 몰락한다.

그런데 거꾸로 생각해 보면 재미있는 진실을 알 수 있다.

폭로되면 몰락할 비밀이 있는 사람은 모두 악당이다.

당신은 세상에 알려지면 몰락할 비밀을 가지고 있는가? 영화

제목처럼 누군가 당신에게 '나는 당신이 지난여름에 한 일을 알고 있다'라고 말한다면? '당신이 미국에서, 일본에서, 호주에서, 마카오에서 한 일을 알고 있다'라고 말한다면? 혹은 '당신이 얼마 전 어느 주말 밤 술에 취해 모처에서 한 일을 녹화한 동영상을 가지고 있다'고 말한다면? '당신이 돈을 위해 어떤 일들을 했는지 모두 알고 있다'고 말한다면?

비밀이 있는 사람은 모두 악당이다. 아무리 주위에서 좋은 사람으로 칭송을 받고 실제로 선행을 많이 하더라도 변하는 건 없다. 그 사람의 인생은 오로지 '비밀'에 의존하고 있을 뿐이기 때문이다. 그 사람이 이룬 모든 것은 '비밀이 밝혀지지 않는다는 조건하에서만' 유효할 뿐이다. 비밀이 한 꺼풀만 벗겨져도 모두 잃게 된다. 돈, 명예, 지위는 물론 친구와 가족조차 잃을지 모른다. 지금 이 순간에도 밝혀지기만 하면 당장 이혼할 비밀들을 품고 거짓 인생을 살아가는 부부가 한둘인가. 대부분의 비밀은 돈과 섹스 관련이고, 그다음이 이런저런 자존심과 관련한 거짓말들이다.

지구상에서 가장 강한 사람은 무력이 센 사람도, 돈이 많은 사람도, 권력을 가진 사람도 아니다. 그런 사람들이 가진 것은 오로지 비밀에 의존해 조건부로 존재하는 임시적인 것들에 지나지 않는다. 가장 강한 사람은 '비밀이 없는 사람'이다. 흔히 가장 무섭다고 여기는 '잃을 것 없는 사람'보다 더 무서운 사람이 '비밀 없는 사람'이다. 그런 사람은 지난 3년간 하루 24시간 모든 일거수일투족을 동영상으로 공개한다고 해도 무너지지 않는다. 아니, 오히려 사람들의 찬사를 받게 된다. 아무도 그를 해할 수 없다. 하늘도 그를 기뻐한다.

세상은 소수의 '비밀이 없어서 천하무적인 사람들'과 대다수의 '비밀에 의존해 사는 악당들'로 이루어져 있다. 하지만 실망할 필요는 없다. 모든 사람은 악당으로 시작한다. 똑똑한 아이들은 서너 살 때부터 이미 부모에게 거짓말을 하고 비밀을 만들기 시작한다. 우리가 인생을 살아가는 이유는 '악당'에서 벗어나 '천하무적'이 되기 위해서다.

나도 한때 악당에 속했었다. 그래서 지금 비밀을 숨기고 살아가는 주위의 악당들에게 손가락질을 하거나 혀를 끌끌 찰 생각은 없다. 다만 그들 스스로가 영화 속 악당들보다 나을 것이 없음을 깨닫고 위대한 결심으로 다시 태어나 천하무적이 되는 길로 돌아서기를 바랄 뿐이다.

위선자들이 더 착해 보이는 이유

항상 잘 웃고 나이스하며 모두에게 칭송받는 사람들은 알고 보면 대부분 위선자에 불과한 경우가 많다. 그들의 위선이 많은 사람들을 감쪽같이 속일 수 있는 비결은 첫째로 그들이 남들의 인생에 전혀 관심이 없다는 데에 있다.

때때로 핏대를 세워 가며 떠들거나 근심 어린 얼굴로 말하는 사람들은 그래도 남의 인생에 일말의 관심이나마 가지고 있다고 볼 여지가 있다. 감정이입이 되고 신경이 쓰이니까 그럴 수도 있는 것일 테니까.

하지만 위선자들은 남들이 잘되든 잘못되든 자신의 인생과는 전혀 상관이 없다고 느낀다. 그래서 늘 웃어 줄 수 있다. 웃는 낯으로 분위기를 환기하고는 도덕이니 정의니 하는 뜬구름 잡는 얘기를 늘어놓는 와중에 자기에 대한 미담을 슬쩍 끼워 넣기 일쑤다.

그러면 듣는 사람은 '아, 이 사람은 하루에도 열두 번씩 변덕이나 부리는 나와는 달리 늘 상냥하고 여유 있는 크고 멋진 사람이구나' 하고 착각하게 된다.

그들은 이야기 도중에 누가 끼어들어 투정 같은 것을 해도 특유의 웃음을 지으며 마치 어린아이 달래듯 부드럽고 기분 좋게 받아넘길 줄 안다.

이 모든 건 그들이 상대방의 인생 따위엔 전혀 관심이 없기에 가능한 일인데, 정말로 그런지는 똑같은 이야기를 사랑하는 가족이나 연인에게 해 보고 돌아오는 반응을 비교해 보면 알 수 있다.

하지만 사람의 마음이란 간사해서, 어떤 사람들은 말끝마다 우려를 표명하는 부모보다는 말끝마다 생긋 웃어 주는 위선자가 더 좋다고 생각해 버리기까지 한다.

위선자들의 두 번째 비결은 그들이 남들의 이목이 없는 곳에서 벌이는 정반대의 악한 행동들에 있다.

배우자나 연인이 갑자기 친절해지면 아, 저 사람이 어디서 무슨 짓을 하고 왔구나, 대충 짐작할 수 있는 것과 같은 이치다.

안 보이는 곳에서 못된 짓을 하는 사람일수록 남들 앞에서 완벽하게 착한 사람을 연기하게 된다. 아마도 그들의 무의식이 그렇게 하지 않으면 아무도 모르게 저지른 짓을 들키지나 않을까 염려하는 것 같다.

사실 자기 자신에게 엄격한 사람일수록 남들 앞에서 자화자찬을 늘어놓지 못하게 되는 법이다. 아무리 죄짓지 않고 살려고 노력해 봐도 자기 자신의 행태가 썩 마음에 들지 않기 때문이다.

위선자가 뒤에서 사람을 죽이고 와서는 온갖 없는 미담까지 만들어 내 착한 척을 하는 동안, 진짜 선한 사람은 어제 친구에게 한 작은 거짓말이 양심에 걸려서 자기가 한 일은 아무것도 아니며 스스로는 좋은 인간이 아니라고 말해 버리곤 하는 것이다.

그래서 선인의 선행은 항상 드러나지 않거나 축소되는 반면, 위선자들의 미담은 제조되고 부풀려져서 온 세상에 흘러넘치게 되고, 결국 우리가 아는 미담들의 주인공들이란 온통 위선자들밖에는 남지 않게 되어 버리는 것이다.

선한 사람과 안 씻은 겨드랑이의 상관관계

씻지 않은 겨드랑이에 계속 향수를 뿌린다고 깨끗한 겨드랑이가 될 수 없듯, 악함을 씻어 내지 않은 채 선행을 계속 쌓는다고 선한 사람이 될 수는 없다. 따라서 어떤 사람이 선행을 하는가, 착해 보이고 겸손해 보이는 언행을 하는가 따위의 눈에 보이는 기준으로는 악인과 선인을 전혀 구별해 낼 수 없다.

오히려 '선인'과 '선행' 사이에는 반비례 관계가 성립하는 경우가 많다. 잘 씻어서 냄새가 나지 않는 사람은 굳이 향수를 뿌릴 생각을 하지 않지만, 안 씻어서 악취가 나는 사람은 향수(선행)에 사활을 걸 것이기 때문이다. 아마도 일에 확실을 기하기 위해 단순히 악취를 가리는 데 그치지 않고 가능하면 향수 냄새(선행의 미담)가 멀리 퍼져 나가도록 하고 싶은 욕구를 느낄 것이다.

인간은 누구나 자기 안의 '악마의 유혹'과 싸우기도 벅차다. 그래서 진실한 싸움을 하는 사람이라면 크게 눈에 띌 정도의 선행을 행할 여유가 없는 것이 정상이다. 마침내 그 싸움에서 승리한 소수의 사람들은 선행을 하더라도 다른 사람이 눈치채지 못하도록 한다. 그래서 잘 알려지지 않는다. 세상에 돌아다니는 선행의 미담들은 그래서 대부분 바람에 날려 다니는 '향수 냄새'에 불과하다.

진정한 선행의 시작은 아무도 보지 않는 곳에서 '자신의 겨드랑이를 씻는 일', 즉 자기 내면의 악마와 싸우는 일이다. 사소해 보이는 유혹으로 매일 조금씩 끈질기게 영혼을 갉아먹는 유혹들을 뿌리침으로써 악을 씻어 내는 일이다.

상한 자존심을 세우기 위해 누군가의 뒷담화를 하고 싶은 유혹,

남몰래 배우자가 아닌 사람과 하는 섹스로 성욕을 채운 뒤 안 한 척하고 싶은 유혹,

다른 사람의 공을 가로채거나 슬쩍 숟가락을 얹고 싶은 유혹,

순간을 모면하거나 순간의 이익을 위해 거짓말을 하고 싶은 유혹,

잘못해서 더 받아 버린 거스름돈을 돌려주지 않고 싶은 유혹,

개인적인 욕심에 대의명분을 덧씌워 정당화하고픈 유혹,

남들보다 우월해지고 싶은 마음을 겸손한 얼굴로 위장하고픈
유혹,

옳지 않다고 말하는 양심에 합리화라는 재갈을 물리고픈 유혹,

그 밖에도 셀 수 없는 간교한 유혹들이 하루에도 열두 번씩 든
다. 유혹에 굴복하면 즉각적인 만족을 얻는 반면 뿌리치면 즉각
적인 괴로움이 몰려온다. 욕구가 좌절되기 때문이다.

하지만 고통을 감내하고 유혹을 뿌리칠 때마다 조금씩 내면
에 존재하는 양심의 눈이 밝아지고 목소리가 커진다. 생각지도
못한 지나간 잘못들을 불현듯 떠올리게 되는 일은 괴롭지만 그
만큼 유혹을 뿌리치는 힘을 키워 준다.

그렇게 보이지 않는 일생일대의 싸움을 해 나가다 보면 새로
운 세상이 눈에 들어온다. 이전에 자유로워 보이던 사람들이 실
상은 노예고, 어리석다 생각했던 사람들이 진정한 자유를 누리
며 살고 있었음을 알게 된다. 부러웠던 사람들이 갑자기 불쌍해
보이고, 불쌍해 보이던 사람들이 존경스러워지기도 한다.

그러다 마침내 하루 스물네 시간을 인터넷으로 생중계해도 거리낄 것이 없는 진정한 자유인이 된다. 진정한 자유는 숨길 것이 없는 데서 출발한다. 숨길 게 있는 사람들은 아직 자유를 향한 여정을 출발도 하지 못했음을 깨닫는다.

이때부터 행하는 선행들은 비로소 진정한 선행이 된다. 동기와 과정, 모든 것이 선하므로 누구든지 즐겁고 감사하게 받을 만한 선행이 된다. 하지만 이미 선행을 밖으로 드러내야 할 필요성을 느끼지 않으므로 조용히, 아무도 모르게 이웃을 돕는다. 그 과정에서 대부분의 사람들에게 필요한 도움은 물질이 아닌 정신적인 무엇이라는 걸 알게 된다.

이렇게 '좋은 사람'이 되는 길은 누구나가 가지고 있지만 눈에는 보이지 않는 내면의 '양심'으로부터 출발한다. 마음속 악마의 속삭임을 이겨 내어 머릿속 생각들을 깨끗하게 청소하는 일이 그 시작이자 끝이다. 밖으로 드러나는 선행은 단지 부산물에 불과하다. 마음과 양심을 씻지 못한 자는 선행을 아무리 해도 세상에 카오스만을 몰고 온다. 씻지 않은 겨드랑이에 향수를 아무리 뿌려도 결국엔 악취가 조금씩 드러나듯이.

가난한 사람들이 더 악하다 (?)

경력 10년의 배달 기사가 풍부한 경험을 바탕으로 잘사는 동네 사람들과 못사는 동네 사람들의 차이점에 대해 인터뷰한 언론기사를 접했다.

인터뷰 내용에 따르면, 잘사는 동네 사람들의 경우 일단 표정이 밝고 인사를 잘하며 반드시 높임말을 사용하고 인심도 좋아서 음료수 등 간식을 주는 경우도 종종 있는 반면, 못사는 동네 사람들은 대체로 표정이 어둡고 배달원의 인사를 받지 않거나 반말을 하는 등 무례하며 집도 지저분하게 해 놓고 살더라는 것이었다.

심지어 잘사는 동네 아파트는 경비원까지 배달원에게 친절하고 예의 있게 대하는 반면, 못사는 동네 경비원은 배달원에게 하대를 하고 텃새를 부리기까지 하더라고 했다.

해당 기사 댓글에는 인터뷰 내용에 공감하는 비율이 월등히

높았다. 게으르니 못 배웠고, 못 배웠으니 가난하고 예의도 없다는 논조의 댓글에 공감 수가 특히 많았다. 미디어에서는 가난한 자들을 선한 것처럼 묘사하지만 실제로는 있는 사람들이 여유가 있어서 더 착하고, 가난한 사람들이 훨씬 악하다는 댓글도 많은 공감을 받고 있었다.

확실히 그렇다. 우리나라뿐만 아니라 해외를 가 봐도 가난한 동네는 지저분하고 낙후되었으며 우범지대인 경우가 많다. 잘사는 동네는 깔끔하고 교육 수준이 높으며 어른, 아이 할 것 없이 기본적인 예의와 교양을 갖추고 있는 경우가 많다.

하지만 그럼에도 '가난한 사람들이 더 악하다'는 명제는 틀렸다.

가난은 유쾌할 수 없다. 잘사는 나라에서 가난하게 사는 사람들은 특히 더 그렇다. 그래서 표정이 좋기 힘든 것도 당연하다. 그러다 보니 생활 속 범죄의 유혹에 취약하다. 얼마 안 되는 돈에, 혹은 잠깐의 쾌락에 범죄자가 될 위험을 감수하는 경향이 상대적으로 높다. 인생의 장기적인 계획을 세워서 멀리 내다보고 하루하루를 사는 비율도 적다. 그런 동네에서 하루에도 수십 명을 만나 가며 음식 배달을 하는 사람이 유쾌한 경험을 할 확률은 확실히 낮을 수 있다.

반면 잘사는 동네 사람들은 상대적으로 평판을 중요하게 여긴다. 본인들은 물론 아이들까지도 남의 눈에 책잡힐 행동을 하지 않도록 주의한다. 따라서 잘사는 동네 아이들은 인사성도 밝다. 푼돈을 훔치거나 금새 탄로날 우발적 범죄는 저지르지 않는다. 얻는 것보다 잃는 것이 훨씬 크기 때문이다. 때로는 택배나 음식 배달기사에게 간식을 대접하기도 한다. 잘 살고 잘 배웠으며 착하기까지 한 자신의 모습을 스스로 바라보며 만족하기 위해서다. 하지만 무기명으로 어려운 사람을 돕는 일은 잘 하지 않는다.

미성년자 성착취로 충격을 주었던 N번방은 회비만 월 백만 원에 육박했다. 대부분 잘사는 동네 사람들이 회원일 수밖에 없다. 클럽 버닝썬 VIP룸 이용자들도, 룸살롱 성매수자들과 그들에게 성을 팔아 큰돈을 버는 여성들도, 불법 도박장 회원들도 모두 잘사는 동네 사람들이다. 펜션이나 별장을 빌려 빈티지 와인을 마시며 부부 스와핑을 하거나 온라인 음란 커뮤니티 같은 곳에 가입해 호텔을 오가며 각종 변태행위를 즐기는 사람들도 비교적 잘사는 동네 사람들이다. 월세 내기도 빠듯한 사람들에겐 다른 나라 이야기처럼 들릴 뿐이다.

권력과 유착해 비리를 저지르는 사람들, 내부자 정보를 이용해 부동산 투기를 하는 사람들, 주식 작전세력들도 모두 잘사는 동네에 살고 있다. 마약을 유통하는 사람들, 연예인 성매매를 알선하는 사람들, 불법 토토업자, 사채업자, 사기꾼, 조폭 두목, '먹튀'로 대표되는 사모펀드 관계자 등도 모두 잘사는 동네에 살고 있다.

이처럼 욕심을 채우기 위해 안 보이는 곳에서 작전을 세우고 단위가 큰 나쁜 짓을 저지르는 사람들은 모두가 잘사는 동네에 살고 있다. 하지만 그들을 겉으로 보고 분별하기는 힘들다. '위선을 위한 자원'을 가지고 있기 때문이다.

'위선을 위한 자원'은 돈, 학벌, 외모, 사회적 지위 등이다. 그 것들만 있으면 연쇄살인마도 감쪽같이 교양 있고 친절한 자선 사업가가 될 수 있다. 가난한 동네 사람들은 '위선을 위한 자원' 이 없을 뿐이다. 위선의 가면을 쓰고 사는 악한 사람들은 예외 없이 '위선을 위한 자원'이 바닥나면 본색을 드러낸다. 돈 떨어 진 비리 사업가는 가난한 동네 백수건달보다도 표정이 어둡고 무례하고 괴팍하며 집도 더 지저분하게 해 놓고 살 것이다. 그가 만약 이 글을 읽는다면, '난 반드시 다시 큰돈을 벌고야 말 거야'라고 생각할 테지만 문제는 돈이 아니다. 그들은 무엇이 문제 인지 모른다.

똑같다. 못사는 동네 사람들도, 잘사는 동네 사람들도 똑같이 악하다. 어디든 양심을 지키며 살아가는 소수의 선한 사람들이 있고, 다수의 악한 사람들이 있다. 단지 그들이 어떤 악행을 하며 살아가는지 볼 수 없을 뿐이다. 다만 악행을 위선으로 덮어서 좋은 사람인 척하는 행위는 그 자체로 또 하나의 죄악이므로 위선을 위한 자원이 없는 편이 차라리 낫다고 하겠다.

괴물을 잡으려면 괴물이 되라는 거짓말

강해져야 한다.

인정에 마음 약해지면 더 소중한 것들을 잃는 거야.

잔혹한 세상이니까.

악마를 잡으려면 더한 악마가 되어야 해.

꼭 나쁜 괴물만 있는 건 아니야. 좋은 괴물이 있을

수도….

최근 들어 부쩍 영화나 드라마 등에서 많이 등장하는 내러티브. 불쌍히 여겨 살려 줬더니 이내 본색을 드러내고 배신해서 주인공의 가족, 친구, 연인의 목숨을 빼앗는 장면 이후에 주로 등장하곤 한다. 사랑하는 사람의 죽음에 피눈물을 흘린 주인공은 마음을 강하게 먹고, 더 이상 불필요한(?) 인정 따위 버리고 괴물이 되기로 마음먹는다. 그러자 신비로운 파괴자의 힘을 얻게 되고 그 괴물적인 능력으로 나쁜 놈들을 피떡으로 만들고 승리한다. 어느덧 클리셰가 되어 버린 스토리 전개다.

괴물을 잡으려면 괴물이 되어야 한다…. 그럴듯한 말이다. 괴물보다 더한 괴물이 된다면 괴물쯤이야 이길 수 있겠지. 하지만 그 과정에서 괴물 중의 괴물이 되어 버린 주인공은 뭐란 말인가. 관객들이야 통쾌함을 느낄 수 있겠지만 그건 일시적 감정을 이용한 속임수에 불과하다.

괴물이 된 주인공이 적의 본진을 공격한다. 그 과정에서 보초를 서던 당일 입사한 상대편의 신입사원을 가볍게 죽여 버린다. 나쁜 놈들의 핵심 조력자 중에는 약점을 잡히거나 가족을 해하겠다는 협박에 못 이겨 할 수 없이 협조 중인 사람들도 있을지 모르지만 어쨌든 통쾌하게 폭탄으로 날려 버린다. 그렇게 거둔 승리는 과연 승리일까.

나쁜 놈들을 모두 쓸어 버린 후 남는 것이란 괴물이 된 주인공뿐이다. 결국 이야기는 인간이 괴물로 변하는 과정에 대한 것이고 중간에 펼쳐지는 온갖 억울한 피해, 로맨스, 감성팔이 등은 괴물이 되는 일의 합리화를 위한 장치에 불과하다. 만약 이런 온갖 장치들 없이 주인공이 초반부터 괴물로 등장했더라면 호감을 얻는 데 실패했을 게 뻔하다.

우리 편이든 상대편이든 사람들에게는 각자의 사연이 있고 상황이 있다. 그런데 괴물의 등장을 합리화하는 드라마적 장치들에 속아 넘어가면 나쁜 놈들은 '전부 죽여 버려야 하는 대상'이 되고 괴물은 '신적인 영웅'이 된다. 인간의 감정적 반사반응을 엮어 내어 완성시키는 거짓말이다.

누가 죽고 누가 살아야 하는지 공정한 판결을 내리자면 개개인의 모든 인생사와 마음속의 생각까지 꿰뚫어 보는 신적인 능력이 있어야만 한다. 사랑하는 사람의 죽음에 대한 분노로 괴물이 되어 버린 한낱 인간이 할 수 있는 일이 아니다. 판사 자격증이 있다고 해도 안 될 일이다.

인간의 한계를 감안할 때 진정한 영웅은 괴물이 되는 것을 거부하고 자신의 목숨을 희생해서라도 끝까지 양심과 정의를 지킴으로써 그 모습을 지켜본 다른 사람들에게 똑같이 행할 수 있는 용기를 불어넣는 사람이다. 죽는 순간까지 어떤 유혹과 위협에도 굴복하지 않고 깨끗한 양심으로 당당하게 살다간 사람이다. 타인을 자신의 몸과 같이 사랑하기를 마지막까지 멈추지 않는, 진정한 영웅이란 그런 사람이다.

괴물이 되라는, 유전자 조작으로 슈퍼휴먼이 되라는, 트랜스휴먼이 되어서 초인적인 힘을 발휘해 보라는 유혹이 갈수록 대중문화 분야에서 봇물을 이루고 있으며 앞으로도 더욱 심해질 것으로 보인다. 하지만 그런 내용들로 미디어가 점철될수록 대

중의 이목을 끄는 효과는 반감될 것이다. 아마도 다음과 같은
주제를 지닌 작품이 나온다면 반향을 일으킬 수 있지 않을까.

"괴물과 끝까지 싸울 것이다. 하지만 내가 괴물이
되는 일은 결코 없다. 죽는 한이 있어도."

악이 있기에 선이 존재한다는 거짓말

어둠이 있기에 빛이 존재한다.

죽음이 있기에 생명이 존재한다.

악이 있기에 선이 존재한다.

드라마, 영화는 물론 문학가와 사상가의 입을 통해 끊임없이 반복되어 온 이 대표적인 거짓말들은 매우 해롭다. 하지만 듣기에는 꽤 그럴듯해서 일단 빠지면 길을 잃기가 아주 쉽다. 하루키가 말했듯, 일단 길을 잃으면 숲은 한없이 깊어지는 법이다.

사람은 어둠을 견딜 수 없다. 그래서 어둠 속에서는 잠을 자거나 죽어야 한다. 밤을 어둠이라고 생각한다면 착각이다. 우리가 밤을 멀쩡한 정신으로 견딜 수 있고 가끔은 특유의 정취까지 즐길 수 있는 것은 밤의 어둠 때문이 아니라 달과 별, 하다못해 램프의 빛이라도 있기 때문이다. 완전한 암흑을 상상해 보라. 한

치 앞도, 아무것도 안 보이는 완전한 암흑 속에서 사람은 공간을 구분할 수 없게 되고, 곧이어 시간도 잃어버리게 된다. 어쩌면 호흡하는 방법도 잊게 될지 모른다. 음악 같은 것을 들을 수 있다면 조금 낫겠지만 그것도 임시방편일 뿐, 머지않아 헛것을 보거나 미쳐 버린다 해도 전혀 이상하지 않다. 완전한 어둠은 그런 것이다. 어둠이 빛을 돋보이게 해 주기는커녕 빛이 어둠을 '견디게' 해 주는 것에 불과하다.

죽음이나 악도 마찬가지다. 어둠을 견딜 수 없듯이 사람은 죽음이나 악도 견딜 수 없다. 악에 시달리면서도 살아 나갈 수 있다면 그건 아직 완전한 악의 치하에 있지 않고 '약간의 선'이 어딘가에서 작용하고 있기 때문이다. 완전한 어둠, 완전한 죽음, 완전한 악을 인간은 견딜 수 없다. 따라서 어둠이 있기에 빛이 있다든가, 죽음이 있기에 삶이 있다든가, 악이 있기에 선이 있다는 말은 그럴듯한 말장난에 불과하다. 자세히 따져 보면 전혀 사실과 다르다. 어둠에 무슨 덕이 있다면 신은 밤하늘에 수많은 별과 달을 흩뿌려서 어둠을 방해하지는 않았을 것이다. 어둠엔 아무런 덕이 없다. 밤은 그저 여러 가지 이유로 해서 낮보다 빛이 덜 필요할 뿐이다. 혹은 어둠의 해로움과 빛의 소중함을 음미하는 시간이다. 완전한 어둠은 태초 이래 한 번도 없었다는 사실을 기억해야 한다.

완전한 어둠은 사양한다. 그렇지만 완전한 빛은 이상향이다.(그래서 사람들은 영국보다는 캘리포니아의 날씨를 선호한다.) 완전한 죽음은 사양한다. 그렇지만 완전한 생명은 이상향이다. 완전한 악은 사양한다. 그렇지만 완전한 선은 이상향이다. 아마도 진실은 이렇게 될 것이다.

빛은 어둠이 불필요하다는 증거다.

생명은 죽음이 불필요하다는 증거다.

선은 악이 불필요하다는 증거다.

우리는 빛으로, 생명으로, 선으로, 어둠과 죽음과 악 따위는 전혀 불필요하다는 것을 증거해야만 한다. '필요 없다'는 것을 증명하기 위해 역설적으로 그런 것들이 일시적으로 필요할 뿐이다.

전갈의 자살과 거짓말의 상관관계

땅에다 동그랗게 원을 그린 뒤 그 안에 전갈을 잡아다 풀어놓으면 전갈은 원 밖으로 나가지 않는다고 한다. 금 밖을 위험요소로 여겨 원 안에서만 부지런히 돌아다닌다고.

원의 한가운데 직선을 그어 반원을 만들면 전갈은 역시 자기가 속한 반원을 벗어나지 않는다. 다시 반원을 반으로 쪼개고, 사분원을 다시 반으로 쪼갠다. 전갈의 행동반경은 계속해서 줄어든다.

쪼개기를 거듭해 마침내 자기 몸 하나가 겨우 들어갈 면적에 다다르면 전갈은 극도로 불안해하기 시작한다. 운신의 폭이 없기 때문이다. 다급하게 이리저리 끊임없이 움직여 보지만 앞으로도, 뒤로도, 옆으로도 갈 수 없다.

이제 전갈에게 이 세상이란 사위가 벽으로 꽉 막힌 감옥이다. 움직일 수도, 누구에게 마음을 털어놓을 수도 없다. 심장이 달음박질치기 시작하고 몸이 경직된다. 호흡이 가빠지고 심박수는 더 올라간다. 마침내 전갈은 긴 꼬리를 하늘로 치켜들어 뾰족한 침을 자신의 등에 꽂아 넣는다.

원을 이 세상으로, 전갈을 인간으로 놓으면 금을 긋는 것은 거짓말이다. 맞는데 아니라고 하고, 했으면서 안 했다고 하고, 봤는데 못 봤다고 하며, 하늘이 알고 땅이 아는데 비밀이여야만 하는 '거짓말'들이 곧 '금'이다.

크기에 관계없이 모든 거짓말은 운신의 폭과 시야를 좁힌다. 가령 어젯밤 다른 사람과 섹스를 해 놓고 왜 전화를 받지 않았느냐고 묻는 애인에게 '일찍 잤어'라고 말하는 순간 어젯밤은 '금 밖의 영역'이 된다. 존재하지만 들어갈 수 없는 방이 된다. 그만큼 운신의 폭이 좁아진다.

그렇게 거짓말을 할 때마다 들어갈 수 없는 방의 개수가 하나씩 늘어간다. 아무리 큰 집에 살아도 언젠가는 움직일 수 없는 전갈 신세가 되고 만다. 1년 후, 10년 후, 아니면 30년 후쯤. 도착시간은 알 수 없지만 목적지는 정해졌다. 종착역은 '전갈의 독주사 자살'역이다.

Where are you going?

악마는 오프화이트를 입는다

당신은 위험한 숲속에서 길을 잃은 공주다. 백마 탄 왕자를 기다린다. 동시에 마녀가 당신의 목숨을 노리고 있다. 그렇다면 공주는 무엇을 가장 조심해야 할까? 아마 대부분의 사람들은 마녀라고 대답할 것이다. 그렇다면 질문을 조금 바꿔서, '어떤 마녀가 가장 위험할까?'라고 물으면 대중은 영화나 드라마에서 보았던 마녀의 모습들을 떠올린다.

하지만 가장 위험한 마녀는 '백마 탄 왕자로 위장한 마녀'다. 마녀가 바보가 아니라면 망토에 고깔모자를 쓰고 빗자루를 타고 나타나지는 않을 것이다. 마녀는 어딘가에서 백마를 구해 타고는 완벽한 왕자의 모습으로 나타날 것이다. 그럼 당신은 꿈에 그리던 백마 탄 왕자님을 기쁨으로 맞이한다. 마녀에게 붙잡혀 죽음을 맞이하는 순간이다.

이와 같은 일은 우리 인생에서 수도 없이 일어난다. 사기꾼이 가장 먼저 하는 일은 항상 사기 대상과의 '신뢰 구축'이다. 그걸 위해 사기꾼은 무엇이든 할 수 있다. 겉모습을 꾸미고, 학위와 직업을 과시하고, 좋은 집과 차를 보여 주고, 유명인과의 인맥을 자랑한다. 항상 친절하고 쾌활하며 돈도 잘 쓴다. 그렇게 사기꾼이 사냥감에게 '귀인'이 되면 사냥은 이미 완료 단계가 된다.

그래서 뒤돌아보면 인생 최대의 상처는 항상 가장 좋아했던 사람으로 인한 것이었고 가장 기쁜 일은 전혀 뜻밖의 사람으로부터였음을 발견하곤 하는 것이다. 따라서 우리가 가장 조심해야 하는 사람은 지금 우리가 가장 좋아하고, 선망하고, 지지하는 사람 중에 있다.

오프화이트(Off-White)는 백색이지만 순백색과 같이 놓고 비교해 보면 약간 누리끼리한 빛이 감도는 백색을 지칭한다. 하지만 오프화이트가 블랙 옆에 있으면 그야말로 찬란한 백색으로 보인다. 인간의 '감각적 센세이션의 오류', 이것이 바로 악마가 가장 좋아하는 먹잇감이다.

악마가 붉은 근육질 바디에 뿔 달린 흉측한 얼굴을 하고 삼지창을 들고 다니면 거기에 당할 사람은 없다. 성경에 '사탄은 빛의 천사로 위장한다'고 쓰여 있듯이 악마는 항상 우리가 열광할 만한 모습으로 다가온다. 하얀 옷을 입은 천사로 나타난다. 하지만 그 하얀 옷은 '화이트'가 아닌 '오프화이트'이다. 그래서 악마는 항상 검은 옷을 입은 들러리들을 세운다. 자신이 '순백'으로 보일 수 있도록.

마치 옛날 영화에 자주 등장하는, 여자에게 환심을 사기 위해 폭력배들을 매수한 뒤 짠 하고 나타나 영웅 행세를 하는 남자와 같다. 진보와 보수, 공산주의와 자본주의가 서로 영웅을 자처하는 상황은 그래서 익숙한 느낌으로 다가온다. 우리가 세상에서 보는 눈에 띄게 검은(악한) 것들은 대부분 '매수된 폭력배'에 지나지 않는다. 그렇다고 폭력배를 그냥 놔 두자는 말은 아니다. 폭력배는 분명히 근절해야 한다. 다만, 폭력배가 한바탕 바람을 잡고 난 뒤 짠 하고 나타나는 사람을 가장 조심해야 한다는 말이다. 많은 경우 폭력배와 영웅은 뒤로는 모종의 거래관계에 있기 때문이다.

그렇다면 악마의 최종병기인 '오프화이트'와 맞설 수 있는 방법은 무엇일까. 의도적으로 온 세상에 검은색을 칠해 놓은 뒤 짠 하고 들이미는 오프화이트를 어떻게 분별해 낼 수 있을까. 지식을 늘리고 언론을 비판적으로 수용하는 등의 방법은 임기응변은 될 수 있어도 궁극적인 방법은 되지 못한다. 오프화이트를 구별해 낼 수 있는 궁극적인 방법은 하나밖에 없다. 순백색 옆에 대어 놓고 비교해 보는 것이다. 그렇게 하면 대번에 드러난다.

그럼 순백색은 어디서 찾을 수 있을까. 내가 알고 있는 곳은 두 군데인데, 그중 하나가 우리들 각자의 '양심'이다. 우리 마음속에서 쉼 없이 솟구치는 욕심과 정욕, 열등감과 자존심, 과장과 거짓말에 항상 반대의견을 들릴 듯 말 듯 속삭여 오던, 애써 못 들은 척하곤 했던 우리들 가슴속 양심은 순백색이다.

혹시 양심의 목소리가 알아들을 수 없게 작아져 있다면 지금이 순간부터 귀를 기울이는 일을 시작해 보자. 양심의 목소리 그대로만 말하고 행동해 보자. 양심이 '그건 옳지 않아'라고 작은 목소리로 말하면 아무리 하고 싶어도 하지 말자. 그렇게 순백의 기준점을 시야에 확보하면 그 어떤 오프화이트가 다가와도 분별해 낼 수 있게 된다. 사실 오프화이트에 속는 이유는 우리들 자신의 영혼이 오프화이트보다 누리끼리하거나 검기 때문이다.

스스로 낮아지는 사람

고급 일식집에서 한 손님이 종업원에게 호통을 치고 있다. 비싼 옷에 음식을 엎었다든가 하는 심각한 일은 아닌 듯했고, 무언가가 마음에 단단히 거슬렸나 보다. 식사를 마치고 밖으로 나온 손님은 아직 화가 가시지 않았는지 이번에는 발렛파킹 요원에게 호통을 친다. 새로 뽑은 비싼 벤츠를 조심스럽게 다루지 않는다며, 너 그 차가 얼마짜린 줄 알아? 1억이 넘는 차야, 라며 호통을 친다. 그 모습을 지켜보던 일행이 너스레를 떨며 사태를 수습한다. 허허, 김 사장 차가 망가진 것도 아닌데 너무 그러지 말고 기분 풀어. 그러더니 인자한 미소를 머금은 채 마침 앞으로 다가와 자동문을 스르륵 여는 검정색 카니발에 오른다. 미소를 머금은 그는 속으로 생각한다. 아직도 운전기사 하나 두지 못하고 직접 운전하고 다니면서 식당 종업원에게 화풀이나 하는 김 사장은 역시 나보다 한 수 아래라고. 흐뭇한 마음이다. 그때 휴대폰 진동이 울린다. 내일 골프를 나가기로 한 홍 회장으로부터 문자 메시지가 도착했다. 미안한데 내일 약속은 다음에 다시 잡읍시다. 갑자기 우리 집 강아지가 아파서 동물병원엘 좀

가야 해서. 어느새 입가의 인자한 미소는 사라지고 치솟는 굴욕
감과 분노에 그는 어금니를 꽉 깨문다.

  높아지려는 자들의 세상은 그렇다. 자기 자신이 남들보다 높
다는 것을 확인하면 행복을 느끼고 그 반대를 느끼면 불행해한
다. 대다수의 사람들보다 높다고 느껴도 눈앞의 한두 사람보다
낮으면 만족을 느낄 수 없다. 남들보다 돈이 많아야 하고, 외모
도 잘나야 하고, 학벌도 좋아야 하며, 사회적 지위도 높아야 한
다. 명예도 빠질 수 없다. 그래서 한시도 쉼이 없다. 쉬러 간다는
여행에서조차 스스로의 위치를 확인시켜 줄 경험을 하고 증거
를 남기는 일에 열중해야만 한다. 진짜 말 그대로의 '휴식'은 불
안하다. 불안한 사람에겐 쉼마저도 나를 높이는 어떤 효과를 가
져와야만 하는 것이다.

  그러나 아무리 몸부림쳐도 나보다 높은 사람은 계속 생겨난
다. 평생을 뼈빠지게 일해서 인생을 통째로 바쳐도 제프 베조스
의 두 살짜리 손자보다 못한 존재임을 무의식으로는 알고 있지
만 굳이 의식하진 않으려 노력한다. 그런 것을 생각하면 자신이
우주 먼지보다도 못한 존재로 여겨지기 때문이다. 그럴 때면 명
상이나 자기계발서로 마음을 다잡아 다시 가던 길을 간다. 세월
이 감에 따라 쭈그러지는 피부와 척추를 펴 줘서 나이 먹지 않는
척해야만 한다. 하지만 머지않은 어느 날 갑자기 훅 가 버리고

말 거라는 죽음의 공포가 항상 의식의 저 아래 뱀처럼 똬리를 틀고 있다. 이것이 스스로를 사랑하고 높은 곳을 꿈꾸는 모든 사람들의 운명이다. 운명이라기보단 저주에 가깝다.

반면에 '스스로 낮아지는 사람'에게 운명은 만족과 자유를 선사한다. 여기서 '낮아진다'는 건 겸손을 떤다든가 적절한 언행을 통해 특정한 인상을 풍긴다든가 하는 일과는 전혀 거리가 멀다. 그야말로 마음속 깊은 곳에서부터 진심으로 '내가 남들보다 나을 게 하나도 없다'고 여기는 일이 바로 '겸손'이다. 이런 마음을 지니고 있으면 식당 종업원이나 주차요원에게 함부로 화를 내지 못한다. 그들보다 내가 높지 않기 때문이다. 동시에 나에게 하대를 하거나 무시하는 사람을 만나도 감정이 상하지 않고 오히려 상대방을 불쌍하다고 느끼게 된다. 내가 남보다 높지 않음을 아는 자는 남도 나보다 높아질 수 없음을 알기 때문이다. 마음속에서 그 사람을 괴롭히는 높아지고자 하는 욕망이 쉼없이 하는 일임을 잘 알기에 오히려 가엾음을 느끼게 된다. 간혹 자존감이 중요하다고 말하는 사람들을 볼 수 있는데 그들은 결코 겸손과는 아무런 관계도 없는 이들이다. 애초에 높아지려는 마음이 없다면, 스스로 낮아지려 한다면 자존감이나 자존심 따위는 전혀 필요가 없기 때문이다.

스스로 낮아지려는 사람은 어떤 것에도 만족할 수 있다. 그래서 자유롭다. 한우, 스시만 먹고 사는 인생이 라면만 먹고 사는 인생보다 높지 않음을 알기 때문이다. 인생의 의미는 그렇게 시시한 높고 낮음을 따지는 게임에 존재하지 않음을 알기 때문이다.

반면에 높아지려는 사람은 평생 라면만 먹고 살 바엔 차라리 자살하는 게 낫다고 생각한다. 그들이 어제도, 오늘도, 내일도, 계속 맛있는 음식을 찾아 대는 이유는 아무리 좋은 음식을 계속해서 넣어도 텅 비어 있기 때문이다. 존재 자체가 텅 빈 그들은 부동산과 동산, 명함과 옷을 빼앗기면 아무것도 남지 않는다. 벌레 한 마리 정도가 남는달까. 그런 사실을 잊기 위해 끊임없는 쾌락에 몰래 탐닉한다. 스스로의 존재 자체를 잊어버릴 정도의 아프도록 강렬한 쾌감이 필요하다. 높아지려는 사람의 인생은 '헛된 프라이드로 인한 만족감'과 '비교에 의한 굴욕감' 사이를 끊임없이 오락가락하다 끝난다. 그런 인생을 사는 동안 수시로 느끼는 허망함과 공허함, 어둠이 내린 후 찾아오는 양심의 가책 때문에 수면제를 필요로 하게 된다. 높아지려는 마음을 이기지 못한 나머지 결국 인간으로서 도저히 못 할 짓에 참여하면 공황장애를 얻게 된다. 우울증과 공황장애는 양심이 존재를 부정할 때 찾아오는 형벌이라고 나는 늘 생각해 왔다.

이카루스의 꿈, 바벨탑의 꿈, 루시퍼의 꿈. 한껏 높이 날고픈

꿈은 이처럼 불행하다. 그래서 불쌍하다. 그 흔한 관용구처럼, 추락하는 것에는 날개가 없다. 그러나 니체가 『차라투스트라는 이렇게 말했다』에서 말했듯 '내려가는 사람(스스로 낮아지는 사람)'은 만족과 자유가 있는 충만한 인생이 된다. 정작 니체 스스로는 그렇게 되는 데 실패하고 미쳐 버렸지만 말이다. 아마도 그의 드높은 프라이드가 낮아지려는 양심보다 강했기 때문에.

"Mind not high things, but condescend to men of low estate."
— Romans 12:16

어떻게 살 것인가

미래를 보는 법

미래를 알 수 없는 이유는 마법의 구슬이 없어서가 아니다. 현재를 잘 모르기 때문이다. 현재 무슨 일들이 일어나고 있는지를 제대로, 충분히 알면 미래가 보인다. 예를 들어 전 세계 모든 물질의 움직임과 모든 사람들의 생각을 알면 미래는 과거처럼 명확해진다. 거기서 미달하는 만큼 시야는 흐려진다.

미래를 1분 1초까지 상세히 알 필요는 없다. 큰 줄기만 제대로 파악해도 충분하다. 관찰과 수집 가능한 정보에 근거해 현상을 꿰뚫어 볼 수 있다면 세상일의 흘러가는 방향이 파악 가능해진다.

미래가 보이지 않으면 인간은 불안과 우울에 시달린다. 그러다 칼 마르크스처럼 삶을 저주하고, 세상을 저주하고, 신을 저주하게 된다. 그래서 미래를 본다는 것은 곧 희망이다. 그런데 미래를 보려면 현재를 알아야 하므로 희망은 곧 현재를 제대로 아는 일에서 비롯된다고 할 수 있다.

신문을 보면 '미래가 보이지 않는다', '희망이 없다'라는 말을 쉽게 접할 수 있다. 특히 요즘 들어 부동산값 폭등으로 젊은이들이 평생 일해도 수도권 아파트 한 채 장만하지 못하게 되어 희망을 잃었다는 기사가 많다. 희망이 없다는 것은 미래가 안 보인다는 것이고 미래가 안 보인다는 것은 현재 무슨 일이 일어나고 있는지 모른다는 말이다. 만약 젊은이들 중에 집값이 오른 배경, 한국의 인구구조, 일본 부동산 사례, 세계 경제의 흐름, 중국을 둘러싼 국제정세, 남북 통일 관련한 국제 세력의 움직임, 유엔 어젠다21 등을 제대로 아는 사람이 있다면 적어도 부동산 때문에 절망하진 않을 것이다.

현재를 알기 위해서는 현상을 꿰뚫어 봐야 한다. 그러지 못하는 이유는 알고 있는 지식이 잘못되었거나 지식 자체가 없기 때문이다. 안다고 생각했던 사람, 사물, 현상, 역사에 대한 지식이 진실과 다르기 때문이다.

사람들은 전혀 모르는 것들을 안다고 생각하며 살아간다. 그 결과 가장 잘 안다고 생각했던 사람에게 배신을 당하고, 오랫동안 간절히 원했던 것이 갖고 보니 아무것도 아니어서 허무해한다. 가장 소중한 것을 가장 하찮은 것과 바꿔 버린 걸 뒤늦게 깨닫고 괴로워한다. 스스로가 진짜로 뭘 원하는지 모르며 무엇보다 왜 사는지를 모른다.

자부심 가득한 상아탑의 학자들이 한입으로 하는 말은 '우리는 가장 본질적인 중요한 것은 하나도 모르지만 대신 주변적인 것들을 많이 알고 있다'라는 것이다. 생명공학자는 생명의 근원을 모르고, 철학자는 인생의 의미를 모르며, 경제학자는 불황 타계책을 모른다. 그러면서 인간은 스스로가 그래도 뭔가 좀 안다고 착각하면서 살아간다. 필요하지 않은 즐거움을 위한 지식의 부산물들만 잔뜩 만들어 낸 뒤 발전이란 이름의 자화자찬을 늘어놓고는 돌아서면 느껴지는 가슴 한켠의 뻥 뚫린 구멍을 잊어 보려 온갖 의미 없는 해로운 짓을 멈추지 못한다. 이렇게 아무것도 모르는 바보들에게 분명한 것이란 조만간 모두가 죽는다는 사실뿐이다. 그렇게 바보들은 죽음을 향해 좀비처럼 걸어간다.

가장 잘 안다고 생각했던 사람에게 배신을 당하는 일은 알고 보니 그 사람을 전혀 몰랐다는 진실을 드러내 준다. 가장 잘 안다는 사람에 대한 지식이 그 정도면 그냥 지인 사이인 사람에 대한 지식은 두말할 필요도 없다. 대부분의 사람들이 이런 종류의 비슷한 경험이 있다는 건 사실상 거의 모든 사람들이 '아무에 대해 아무것도 모른 채' 인생을 산다는 사실을 말해 준다.

그럼에도 사람들은 자신이 연예인에 대해, 정치인에 대해, 빌게이츠나 일론 머스크에 대해 뭐라도 조금 안다고 대단한 착각들을 한다. 인생에 대해, 세상에 대해, 사랑에 대해 무언가를 안다고 착각한다. 그 착각에 입각해 살아가면서 누구는 훌륭하고 누구는 한심하다고 결론 내린다. 가장 가까운 사람이 가장 사적인 공간에서 하는 말도 못 믿을 판에 알지도 못하는 사람들의 말을 믿어 버린다. 그들에 대해 무엇을 알든 그 정반대가 오히려 확률적으로 훨씬 진실에 가까울 거란 지혜가 없다. 지혜가 없는 사람에게는 뒤통수가 얼얼한 미래가 기다리고 있다.

가장 잘 안다고 생각하는 사람에 대해서 아무것도 모른다는 깨달음을 얻었다면, 그보다 덜 잘 아는 것들에 대해서는 하나부터 열까지 전부 잘못 알고 있다는 자연스러운 추론을 얻을 수 있어야 한다. You might know nothing, after all.

현재를 제대로 알고 미래를 봄으로써 희망을 갖는 일의 첫걸음은 '내가 모른다는 것을 아는 일'이다. 모른다고, 잘못 알고 있을 수도 있다고 전제하면 언제나 새로운 지식을 얻을 수 있다. 그렇게 지식이 하나둘 늘어 갈수록 얼마나 모르는 게 많은지를 더욱 절감하게 된다. 삶에서 중요하다고 생각했던 것, 세상이 돌아가는 원리라고 여겼던 것, 사람에 대해 안다고 믿었던 것 등 모든 게 진실과는 전혀 거리가 멀었음을 깨닫게 된다. 세상에게 완전히 속았다는 허망함이 들 때쯤, 화려한 도시의 불빛이 모두 사라지고 어둡고 황량한 좀비랜드를 걷고 있는 자신을 발견할 때쯤, 저 멀리 지평선에 한 줄기 희미한 빛을 보게 된다. 그 빛은 도시의 네온사인처럼 강렬하진 않지만 영사기처럼 미래를 비춰 주는 빛이다.

내 운명의 주인은 나라는 정신병

나는 현대인의 대부분이 대중문화와 교육 시스템의 영향으로 대부분 똑같은 정신질환을 앓고 있다고 생각한다. 이름하여 '내 운명의 주인은 나라는 정신병'. 그나마 고대 그리스인들의 경우에는 상태가 좀 나은 편이었는데, 그들은 인간을 '신들의 노리개'라고 생각했기 때문이었다.

섹스의 신 큐피드가 화살을 쏘면 난데없이 강한 성욕을 느끼고, 술의 신 디오니소스가 임하면 술독에 빠져 헤어날 줄을 모르고, 전쟁의 신 아레스가 임하면 갑자기 돌변해 미친 듯이 싸우고 죽이는 존재가 인간이라고 여겼던 것이다. 그리스 시민들과 철학자들에게 인간이란 스스로의 의지로 살다가도 신들이 마음만 먹으면 언제든지 스스로를 통제하지 못하고 파멸하고야 마는, '신들의 손에 운명이 쥐어져 있는 존재'였던 것이다.

하지만 고대 동양의 철학과 불교, 힌두교에서는 '개인의 수양'을 통해서 스스로의 마음을 온전히 컨트롤할 수 있다고 믿었다.

그게 가능했다면 석가모니는 처자식 버려 두고 죽을 때까지 고행을 할 필요가 없었을 것이다. 문제는 현대인 대부분도 그렇게 믿는다는 데 있다. 헬스장 끊어 놓고 한 달도 못 나가고, 다이어트를 다짐하고 오히려 더 먹고, 책을 사 놓고는 일 년이 가도 못 다 읽고, 해서는 안 되는 줄 아는 섹스를 또 하고, 안 좋은 걸 알면서도 야한 동영상을 못 끊고, 술을 못 줄이고, 분노를 못 참아서 또 소리를 지르고 욕을 하고, 그래 놓고 '내가 왜 이러는지 모르겠다'며 마음대로 되지 않는 자신을 감추기 위해 거짓말을 못 끊는다. 절대로 못 고치고 반복하는 주제에 고칠 수 있다고 거짓말을 반복한다. 자기 생각과 언행을 컨트롤하지 못하는데 도대체 어떻게 운명이 자기 것이란 말인가. 망상장애, 조현병이 따로 없다.

역설적으로 내가 지금 현재 내 운명의 주인이 아니라는 사실을 인정해야만 운명의 주인이 될 수 있다. 다짐하고 의도한 대로 생각과 언행을 해 내지도 못하면서 마치 자신이 스스로의 주인인 것처럼 느낀다면 결국 망상 속에 살다가 신들의 노리개로 인생을 마감하는 수밖에 없다. '나는 그래도 90% 이상은 나 자신을 컨트롤한다'라고 반발할 사람이 있을지도 모르겠다. 그렇다면 열 번 중 아홉 번만 말을 듣는 핸들과 브레이크를 가진 차를 몰고 고속도로에 한번 나가 보기 바란다.

일단 내가 내 운명의 주인이 아니라는 현실을 인정했다면 다음 단계로는 거짓말을 끊어야 한다. 거짓말을 끊으면 '괜찮은 사람인 척'할 수 없게 된다. 책을 못 끝내 놓고 읽었다고 하는 등 하지 않은 일을 했다고 할 수 없고, 나쁜 짓을 해 놓고 안 했다고 할 수도 없다. 과장이나 축소도 거짓말에 해당한다. 거짓말로 자기 오점을 가릴 수 없게 되면 비로소 있는 그대로의 자신과 마주하게 된다. 거짓말을 끊어 보면 비로소 왜 주변 지인들과 SNS 친구들의 겉만 번지르르한 자기 연출이 모두 거짓인지 알게 된다. 남들이 알면 큰일 나는 일들은 쏙 빼고 그럴듯한 면만 곱게 포장하고 과장해서 드러내는 일은 기만과 사기일 뿐이다.

하버드를 나오고 대단해 보이는 일을 하는 것보다 공개되었을 때 떳떳하지 못한 일을 안 하는 게 훨씬 어렵고 중요하다. 운명의 주인이 아닌 사람이 한 대단한 일은 자기 것이 아니기 때문이다. 자기 운명의 주인이 되어 의미 있는 인생을 살기 위해서는 겉으로 보기에 대단한 일을 해낼 필요가 없다. 양심상 더러운 일을 하지 않고 거짓말을 하지 않는 것이면 된다. 그렇게 살 수 있는 사람의 인생은 그 자체로 주위를 밝히는 빛이 된다. 그런데 그게 제일 어렵다. 올림픽 금메달보다 더 어렵다.

자기 운명의 주인이 된다는 건 전쟁 같은 일이다. 그래서 그리스 헬레니즘과 더불어 인류 문명을 형성한 한 축인 성경을 살펴

보면 '모든 생각을 예수 그리스도 앞에 붙잡아 복종시키는 일'을 '영적 전쟁'이라고 정의하고 있다. 그들은 그런 '영적 전쟁'을 수행할 수 있는 사람을 '구원받은 사람' 또는 '신의 아들들'이라고 부른다. 구원을 받는다는 것은 예수 그리스도의 '성령'을 받았다는 말인데, 그래야만 비로소 큐피드, 아레스, 디오니소스가 쏘아대는 화살들로부터 생각을 보호할 수 있게 된다는 것이다.

결국 성경은 인간이 '성령(구원)' 없이 스스로를 컨트롤하거나 운명의 주인이 될 수 없다고 말하고 있는 셈이다. 고대 그리스인들의 '인간은 신들의 노리개'라는 세계관과 묘하게 일맥상통하는 부분이다. 두 가지를 종합해 보면 운명을 잃어버리게 만드는 건 '그리스의 신들'이고 운명을 되찾게 해 주는 건 '구원(성령)'이다. 인간이 할 수 있는 일이란 둘 중의 어느 한쪽을 선택하는 일밖에 없다. 혼자 힘으로 해 보겠다고 나섰다가 결국 신들의 노리개로서의 자신을 발견하고 구원이 필요하다는 것을 뼈저리게 느끼는 존재, 그것이 종교적 동물로서의 인간의 본성인 것이다.

그럼에도 동양 문화권에 속하거나, 유물론을 믿거나, 과학이 영생을 가져다줄 거라는 종교적 믿음을 가졌거나, 이도 저도 아니면서 물질과 쾌락만 아는 사람들은 자기 자신이 스스로의 운명의 주인이라는 망상에 빠져서 살아간다. 큐피드와 디오니소

스와 아레스의 화살에 춤을 추며 같은 실수를 끝도 없이 반복하면서도 언젠가는 서점에서 산 책 몇 권과 유튜브 마음공부 비디오 몇 개로 자신의 문제를 해결할 수 있을 거라고 생각한다.

스스로의 문제가 무엇인지 알고 개선을 하려는 마음이라도 있다면 그나마 다행이다. 대부분 그런 사람들이 책을 읽고 영상 프로그램을 보는 이유는 사실 본질을 파고들기보다는 기분을 달래기 위해서다. 여전히 내가 내 마음대로 안 되는 가운데 내가 왜 이러는지 나도 모르는 마음을 달래고 싶기 때문이다. 그렇게 본질을 외면한 인생을 사는 사람들, 내 운명의 주인은 나라는 망상을 가지고 사는 사람들의 먹기, 자기, 일하기, 놀기 등 모든 일거수일투족은 본질과 마주하는 고통을 피하기 위한 백만 가지 자위행위들일 뿐이다. 최대한 많은 사람들이 망상병에서 벗어나 본질을 마주할 수 있기를.

인류 최초의 우울증

우울증의 역사는 아주 깊다. 인류 최초의 우울증 환자는 카인이었다. 창조주 하나님이 동생 아벨의 희생물은 즐겁게 받더니 자신이 어렵게 농사지어다 바친 첫 수확물들은 거들떠도 보지 않았으니 당연히 우울할 수밖에. 나였대도 우울했을 거다. 사람이라면 누구나.

아벨은 설렁설렁 양이나 치다가 그저 때가 되면 한 마리 잡아다 바치는 게 전부인데, 일 년 동안 허리가 빠지도록 농사를 지어 바친 수확물을 무시하다니, 아무리 신이라도 이건 너무하다 싶었다. 아벨이 신의 은총을 받는다는 소문이 돌자 여자들도 아벨의 눈에 들기 위해서 은근히 노력하는 모습이고, 동네 사람들도 모두 아벨 칭찬뿐이다. 우울하다.

한 해, 두 해 지나면서 우울증은 분노로 변해 갔다. 나보다 별로 잘난 구석도 없는 아벨은 하는 일마다 잘 풀리고 나는 하는 일마다 망한다는 사실을 인정할 수 없었다. 아무리 생각해도 신이 이렇게까지 날 미워할 정도의 잘못을 했던 기억은 없다. 그래서 때때로 불같이 화가 나고, 혼자서 목놓아 울기도 하고, 우울감에 빠져 제대로 먹지도 자지도 못하는 날이 늘어갔다. 아벨만 좋아하는 사람들이 밉고, 아벨이 밉고, 불공평한 신이 밉다. 미워서 참을 수가 없다.

  희생제물을 드리는 날이 돌아왔다. 이번에도 신이 희생물을 거부하면 나도 내가 무슨 짓을 할지 모른다는 생각이 들었다. 분노가 폭발해 버리고 말 것이었다. 제발 이번만은! 하지만 결과는 역시나였다. 신은 아벨의 희생물만을 즐겁게 받고 카인의 희생물은 쳐다도 보지 않았다. 피가 거꾸로 솟았다. 신에게 그 자리에서 욕을 해 주고 싶었지만 꾹 참았다.

  집에 돌아와 식음을 전폐하고 생각에 잠겼다. 문제가 뭘까. 아무리 생각해도 크게 잘못한 일이 없다. 과수원을 하다 보니 때때로 물건값을 조금 부풀리거나 몇 가지 사소한 거짓말을 하긴 했지만 남에게 심한 피해를 주는 일도 아니었고, 그 정도도 안 하는 사람은 거의 없을 것이다. 부모님과 동네 사람들 몰래 물레방앗간에서 옆 동네 노는 여자아이와 섹스를 한 일이 양심에 걸리긴 하지만 그건 어디까지나 상호 동의에 의한 것이었다. 이제 마음을 잡고 과수원을 멋지게 한번 해 보려는데 신이 도와주질 않는다. 신이 희생물을 받아 주기만 하면 내 과수원의 브랜드 가치는 치솟을 테고 모두가 나를 좋아할 것이다. 아벨만 좋아하던 예쁜 여자들도 나에게 눈을 돌리게 될 것이다. 내 진가를 알아봐 줄 것이다. 그래서 일 년 내내 땀 흘려 농사만 지었다. 그런데 신은 아벨만 좋아한다. 신은 나에게만 가혹하다. 나는 정말 할 만큼 했다. 내가 뭘 그렇게 잘못했다고. 이건 불공평하다.

카인은 그 길로 옷을 챙겨 입고 들판에서 양을 먹이고 있을 동생 아벨을 찾아나섰다. 그리고는 보는 눈이 없는 곳으로 유인해 죽여 버렸다. 비릿하면서 금속성을 띤 피 냄새가 물씬 풍겨온다. 아드레날린이 치솟아 온몸을 돌면서 몇 해 동안이나 가슴에 체한 음식처럼 얹혀 있던 한과 원망과 울분을 단번에 녹여 버리는 느낌이었다. 복수의 맛은 오래간만에, 아니 처음 느끼는 행복과 평화였다. 이제 아벨은 없다. 비록 일시적이었지만 한번 맛을 보면 아마도 계속 생각이 날 것 같은 원초적인 쾌락을 카인은 알게 되었다.

그렇게 인류 최초의 살인자가 탄생했다. 카인은 동생의 시체를 땅에 묻고 피의 흔적을 지웠다. 그리고는 아직까지 혈관을 타고 도는 아드레날린을 만끽하면서 휘파람을 불며 집으로 향했다. 그때 카인의 귀에 처음으로 신의 목소리가 들려왔다. "동생 아벨은 어디 있느냐?"

성경에는 한 문단밖에 나와 있지 않은 카인과 아벨 스토리를 나름대로 재구성해 보았다. 다른 부분은 몰라도 카인이 분명 우울증을 겪었을 것이라는 점에서는 틀리지 않을 거라고 생각한다. 그런데 만약 카인이 다르게 행동했다면 어땠을까. 그래도 우울증이 살인으로 발전되었을까?

만약 카인이 무엇이 잘못됐을까 생각하는 와중에 떠오르는 것들을 '남들도 다 하는 일'이라고 합리화하지 않았다면 어땠을까. 만약 카인이 동네 사람들에게 상세하게 공개하기 부끄러운 모든 일들을 죄라고 여기고 하나하나 깊이 뉘우쳤다면 어땠을까. 그래도 안 되면 차라리 신에게 솔직히 기도라도 했다면 어땠을까. 하나님, 저는 잘하고 싶은데, 잘해서 남들도 돕고 의미 있는 인생을 살고 싶은데 방법을 모르겠습니다, 어디부터 어떻게 해야 할지 도무지 모르겠으니 알려 주세요, 하고 기도했다면 어땠을까.

그랬다면 신은 아마 이렇게 대답하지 않았을까. "네가 방금 남들도 돕고 의미 있는 인생을 살고 싶다고 했는데 그게 정말이냐?" 신은 말이 아니라 마음을 꿰뚫어 보니까 카인의 마음속에 남을 위하는 생각은 별로 없고 사실은 자기 잘될 생각뿐이라는 것을 알고 그렇게 되물었을 것이다. 그리고는 아마 이렇게 말했을 것이다. "네가 거짓말로라도 그렇게 말하는 것을 보니 너 잘

될 생각만 하면서 사는 게 부끄러운 줄은 아나 보구나. 그리고 남을 돕고자 하는 마음이 바람직하다는 것도. 하지만 네 입이 아니라 마음이 그렇게 말할 때까지 너의 희생물이 받아들여지는 일은 결코 없을 것이다."

카인은 이제 마음을, 세계관을 수정해야만 한다. 아니, 수정이 아니라 완전히 허물고 다시 세우지 않으면 안 된다. 나를 위해 사느라 조금이라도 양심을 어겼던 모든 일들을 신 앞에 회개하고, 진정으로 이웃을 위해서만 사는 인생을 계획해야만 한다. 그 과정에서 지난날 꿈꿨던 과수원의 성공과, 예쁜 여자들과, 뭇사람들의 인정을 모두 포기하는 일이 있더라도 그래야만 한다. 그게 힘들면 남을 위해 살아갈 수 있는 마음을 달라고 기도라도 해 봐야 한다. 마음대로 당기는 대로 살고 싶은 욕구가 포기가 안 된다고, 말초적 쾌락 말고 다른 것을 좀 원하게 도와달라고. 안 그러면 카인의 희생물은 끝내 받아들여지지 않을 것이고, 결국 잘나가는 아벨을 보면서 우울증에 시달리다 살인 또는 자살로 귀결될 것이다.

하지만 만약 카인이 마음을 고쳐먹고 위대한 인생의 목표—이웃을 위해 사는 인생—를 자기 것으로 만드는 데 성공한다면? 희생물이 받아들여지는 것은 물론 어쩌면 그는 아벨 이상으로 신의 총애를 받는 아들이 될지도 모른다. 모든 손해를 감수하고 이웃을 위해 인생을 살겠다는 '숭고한 목표'를 가진 사람의 한 발짝은 자기 자신을 위해 인생을 사는 사람의 백만 발짝보다 훨씬 가치 있기 때문이다. 가치 있는 인생을 사는 사람은 우울증에 걸리지 않는다. 결국 자기 인생이 가치가 없다는 걸 알아서 우울증이 오는 것이다. 자산이 수십 조 원에 달해도 우울증은 피해 갈 수 없다. '숭고한 목표'와 '깨끗한 양심' 없이 가치 있는 인생은 없다.

우물에 빠진 당신, 왜 사나요?

숲속에서 길을 잃은 나는 곰에게 쫓겨 달아나다 커다란 구덩이에 빠져 버렸다. 정신을 차리고 보니 거대한 우물 안쪽의 벽에 붙은 나뭇가지에 매달려 있었다. 커다란 구덩이는 거대한 우물이었던 것이다. 어두워서 전체가 보이지는 않았지만 양옆을 돌아보니 적당한 간격으로 사람들이 쭉 매달려 있는 것이 보인다.

나뭇가지가 우물과 만나는 부분에는 두 마리의 쥐가 나뭇가지를 갉아먹고 있었다. 하얀 쥐와 검은 쥐. 갉아먹는 속도는 꽤 느린 듯했지만 언젠가는 분명히 나뭇가지가 끊어질 것이었다. 나뭇가지에 달린 잎사귀들에는 꿀이 발라져 있었고, 그 먹음직한 냄새에 이끌려 나는 꿀을 핥아먹고 있었다.

"맛있게도 핥는군. 이봐, 저 용이 보이지 않아? 떨어지면 끝장이야." 바로 왼쪽에 매달린 남자가 말을 걸어 왔다.
"용이라구요?"
"그래, 저기 저 아래. 자세히 한번 보라구."

그는 잎사귀에 묻은 꿀을 빨면서 턱으로 우물 아래쪽을 가리켰다. 나는 그제서야 우물 밑바닥을 자세히 바라보았다. 너무 어두워서 처음에는 아무것도 보이지 않았지만 얼마 지나지 않아 눈이 어둠에 적응하자 나는 얼어붙고 말았다. 커다란 용이 입을 쩍 벌리고 나뭇가지에서 떨어지는 사람들을 집어삼키기 위해 기다리고 있는 것이었다. 나의 놀라는 얼굴을 확인한 남자가 말했다.

"하하, 놀라긴. 하루에도 수많은 사람들이 저 입구멍으로 떨어지고 말아. 늙은이, 젊은이, 심지어 어린애도 있지. 알아 두는 게 좋을 거야."

말을 마친 남자는 다시 손을 뻗어 나뭇가지의 잎사귀를 뜯더니 거기 묻어 있는 꿀을 핥기 시작했다. 하지만 나는 입맛이 싹 사라져 버렸다. 내가 물었다.

"아니, 저 아래서 용이 저렇게 입을 벌리고 있는데 어떻게 한가하게 꿀이나 핥아먹고 있을 수가 있죠?"

"쓸데없는 질문이군. 우린 모두 죽어. 그리고 그게 언제인지는 아무도 모르지. 내일이 될 수도 있구. 그러니까 살아 있을 때 한 입이라도 더 달콤한 맛을 봐 놔야 하는 거야. 안 그러면 죽을 때 억울하지 않겠어? 그러니 쓸데없는 질문 할 시간에 꿀이나 많이 핥으라구."

남자는 내 쪽으로는 눈길도 주지 않은 채 대답했다.

하긴, 모두가 언제 떨어져 용에게 잡혀 먹힐지 모르는 판국에 할 수 있는 일이라곤 단맛을 조금이라도 더 느끼는 것 외엔 없을지 모른다. 남자의 입장도 이해가 갈 것 같았다. 나도 다시 꿀에 입을 가져가 보려 했다. 하지만 도무지 그럴 기분이 나지 않았다. 저 아래서 입을 쩍 벌린 채 이빨을 드러내고 있는 용의 모습과 꿀을 핥아먹는 내 모습이 오버랩되면서 뭔가 한심하고 화가 나면서도 절망적인 기분이 되어 버리는 것이었다. 꿀을 아무리 많이 먹어도 생쥐들이 멈추지도, 용이 벌린 입을 다물고 어디로 날아가 버리지도 않는다. 그저 단맛에 빠져 시간만 보내는 일 따위를 할 수는 없었다. 뻔히 시시각각 다가오는 죽음을 단맛의 쾌락 따위로 대체 어떻게 잊을 수가 있는 것일까.

"나랑 같이 죽지 않을래?"

이번에는 오른쪽의 여자가 말을 걸어 왔다. 여자는 나에게 같이 죽자는 말을 하고 있었다.

"네? 자살을 하자고요?"

"응, 맞아. 언제 끊어질지 모를 나뭇가지에 매달려서 꿀이나 핥고 있는 게 무슨 의미가 있어? 하루를 핥으나 십 년을 핥으나 결국 용의 이빨에 갈기갈기 찢겨 다들 죽어 버릴 운명인데."

"그래도… 우리는 적어도 맛있는 꿀을 먹을 수는 있잖아요?"

여자의 말이 논리적으로 정확하다는 걸 알면서도 나는 스스로조차 별로 동의하지 않는 말을 해 버렸다. 여자가 대답했다.

"꿀? 그것도 어느 정도 먹다 보면 아무 느낌이 없어져. 공허해진달까. 그때부터는 그냥 입에서 단맛이 사라지면 고통스러우니까 계속 먹게 되는 거야. 행복하려고 먹는 게 아니라 고통을 잊으려고 먹는 거지. 꿀 따위는 속임수에 지나지 않아. 어쩌면 저 생쥐들이나 용이 우리를 놀려 먹기 위해 발라 두었을지도 몰라. 생각을 해 보라구. 언제 죽을지도 모르면서 꿀이나 핥아먹는 우리를 보면 얼마나 재밌겠어? 속으로 비웃고 있겠지. 그러니 하루라도 덜 비웃음을 당하려면 하루라도 빨리 죽어 버리는 게 나아."

나는 아무런 대꾸도 할 수 없었다. 여자의 말 한 마디 한 마디가 옳은 소리였기 때문이었다. 반대편에서 열심히 꿀을 핥고 있는 남자는 자기 자신을 속이고 있는 것이다. 용의 존재를 분명히 인식하고 있는 그 남자는 분명 꿀이 아무런 의미가 없을 뿐 아니라 오히려 함정에 가깝다는 것도 알고 있을 것이다. 하지만 그걸 알았을 땐 이미 멈출 수 없게 되어 버린 것일까. 아마도 그럴 것이다. 내가 여자에게 말했다.

"그래도 우리에게는 잠시지만 시간이 주어졌잖아요. 이유가 있을 거예요. 우리에게 흰 쥐와 검은 쥐의 시간이 주어진 이유, 우리 모두가 똑같이 이 우물에 떨어지고, 잠시 나뭇가지에 매달려 있다가, 용의 입속에 떨어지게 되어 있는 이유가. 분명히 우리들 각자에게 주어진 이 시간에 어떤 의미가 있을 거예요."

"의미? 호호, 의미라… 안됐지만 그런 건 없어. 힘들게 나뭇가지에 매달려 있는 것과, 한심하게 꿀이나 핥으며 모든 걸 잊어보려는 노력과, 그럼에도 결국 떨어져 죽는 것 따위에 무슨 의미가 있을 수 있지? 그냥 이 우물은 저 용이 우리를 한바탕 놀려 먹다가 꿀꺽 잡아먹기 위해 만든 우스운 도살장일 뿐이야."

"용이 이 우물을 만들었다구요? 나뭇가지들과 생쥐들도 모두?"

"설마 그럼 이 모든 상황이 우연히 주어졌다고 생각하는 거야? 이 우물도, 생쥐도, 우리도, 저 용도 우연히 생겨나서 우연히 여기 이렇게 모여 있다고? 그럴 리가. 그런 일은 수십억 년이 지나도 절대 우연히 생기지 않아. 누군가가 의도적으로 만든 거야. 우리를 놀려 먹고 잡아먹기 위해서. 그럴 존재는 저 용뿐이잖아?"

"……."

나는 이번에도 아무런 대꾸를 할 수 없었다. 여자의 설명은 논리적으로 완벽했다. 적어도 논리적으로는 여자의 말처럼 모든 것에 아무런 의미가 없었다. 잘해야 하나의 사악한 농담 정도나 될까. 그저 나뭇가지에 아등바등 매달려 있다가 아무 때고 툭 하고 떨어져 죽을 뿐인 우리의 시간에 어떤 의미가 있을 수 있단 말인가. 어떻게 시간을 보내고 어떤 일을 했건 저 무시무시한 용의 시커먼 목구멍을 통과하고 나면 모든 것이 끝이란 말인가.

하지만 나는 그럼에도 '아직 우리가 모르는 무언가'가 있을 거라는 희미한 느낌을 떨칠 수 없었다. 직감이라고 해도 좋았다. 모두가 똑같이 우물, 나뭇가지, 검은 쥐와 흰 쥐, 꿀, 그리고 용이라는 조건을 일괄적으로 부여받은 데에는 어떤 이유가 있을 것만 같았다. 용이 이 상황을 만들었든 누가 만들었든 간에 단지 심심해서 농담 따먹기 용으로 벌인 일은 아닐 거라는 생각이 들었다. 그때 한 가지 생각이 머리를 스쳤다. 나는 여자에게 물었다.

"용은요? 용이 이 모든 걸 만들었다면, 그럼 용은 누가 만들었죠? 우리는요? 우리도 용이 만들었나요?"

"용? 그거야…"

"이 우물과 나뭇가지와 생쥐들조차 우연히 이런 모습으로 있을 수 없다고 하셨잖아요. 용이 모든 걸 만들었다면 왜 저렇게 흉측한 모습으로 저 아래서 끊임없이 힘들게 입을 벌리고 있죠? 뭔가 말이 안 되잖아요."

"그거야 용도 스스로를 만들었다기보다는 다른 어떤 존재가…"

"그러니까요. 분명 이 모든 것을 만든 존재는 우물 밖 어딘가에서 지켜보고 있을 거에요. 아마도 편한 의자에 앉아서 느긋하게 지켜보고 있겠죠. 지금 우리가 하는 대화도 다 듣고 있을 테구요."

"그래, 그럴 수도 있겠지. 하지만 그렇다 해도 바뀔 건 없잖아? 누가 됐든 목적은 우리를 괴롭히다 재미없어지면 죽이는 것일 테니까."

"아니, 아니에요. 분명 무언가가 더 있어요. 어쩌면 우리가 무언가를 깨닫고 배우도록 하기 위해서일지도…."

"글쎄 그 무언가가 뭐냐니까."

"그건 나도 아직 모르죠. 하지만 이 모든 것을 만들 정도의 능력이 있다면 분명 지금 이 순간 우리의 일거수일투족도 전부 지켜보고 있을 거예요. 그러니까 우리가 할 수 있는 유일한 일은…"

"유일한 일은?"

"물어보는 것뿐이겠죠? 우리는 모르니까, 그러니까 모른다고 솔직하게 말하고 알려 달라고 간청하면 어떤 식으로든 답을 주지 않을까요? 만약 이 모든 것이 단순히 우리를 서서히 고문하고 죽이기 위함이 아니라면, 만약 이 상황을 탈출할 방법이 있는 거라면, 그건 이 모든 것을 만든 존재만이 알고 있을 거예요. 그러니까 같이 물어봐요. 적어도 주어진 시간 동안만이라도 구해 보도록 해요."

"주어진 시간 동안 구해 본다라… 좋아, 어차피 달리 할 게 뭐가 있겠어."

그렇게 결심한 순간부터 우리는 용을 보며 공포에 시달리거나, 정신없이 꿀을 핥아먹거나, 무의미함에 빠져 손을 놓으려고 하지 않았다. 그런 것에 관심을 줄 여유도 취미도 없어졌다. 주위의 다른 사람들은 여전히 공포와 불안과 고통스런 단맛에의 열정에 휩싸여 있었지만, 우리는 더 이상 그러지 않을 수 있었다. 그리고 한목소리로 구하기 시작했다.

"이 모든 것을 만들었으며 어딘가에서 지켜보고 계시는 존재여, 길 잃은 우리가 보이시나요. 이 우물, 우리에게 주어진 짧은 시간, 모든 것의 의미가 무엇인지 우리는 모릅니다. 그러나 간절히 알기를 원합니다. 혹시 우리 말을 듣고 계시다면 한 번만 대답을 해 주세요…"

— 톨스토이의『고백록』에 등장하는
짧은 우화를 각색한 이야기

주의! 인생은 게임이 아닙니다

금화를 모으고, 보석을 캐고, 의상과 액세서리를 득템하고, 체력을 키우고, 그렇게 열심히 게임 캐릭터를 키워 본 분들이 많을 것이다. 옛날 옛적 캐릭터 레벨이 초짜일 때와 비교해 보면 정말 장족의 발전을 했구나 뿌듯한 기분도 들고, 아무리 레벨을 높여도 항상 나보다 레벨 높은 적들이 끊임없이 등장하는 탓에 뭔가 막막한 기분에 휩싸이기도 한다.

우와, 저 아이템만 있으면 내 캐릭터 끝내주겠는데, 하고 오매불망 마음을 송두리째 빼앗아 간 바로 그 아이템을 천신만고 끝에 획득했을 때의 짜릿함. 그러나 곧 깨닫게 된다. 세상에는 항상 훨씬 더 끝내주는 아이템이 존재한다는 것을. 더 끝내주는 아이템이 눈에 들어오는 순간 내가 가진 아이템들은 마치 구멍 난 양말처럼 느껴진다. 그러면 갈림길에 선다. 여기서 만족할 것이냐, 아니면 전력을 다해 '더 끝내주는 아이템'을 위해 달릴 것이냐.

포기하자니 왠지 낙오자인 듯한 기분이 든다. 새로 등장하는, 나보다 조금 레벨이 높은 적들을 무찌르는 짜릿한 맛—새로운 적들을 무찌르면 내가 높아졌다는, 계속 높아지고 있다는 생각에 하늘을 나는 듯한 기분을 느낀다—도 느끼지 못할 테고, 불철주야 연중무휴 득템을 해 나가는 다른 플레이어들에게도 은근히 무시당할 게 뻔하다. 그렇다고 계속해서 '더 끝내주는 아이템'을 위해 달리자니 한도 끝도 없을 것 같고, 그러다가 왠지 무언가 중요한 걸 놓치고 말 거라는 기분 나쁜 예감도 든다.

잠깐의 망설임 속에 주위를 둘러본다. 주변 사람 모두가 레벨업에 열을 올리고 있다. 친구 하나가 끝내주는 아이템을 득템했다는 소식이 들려온다. 아뿔싸, 이대로 있다가는 이도 저도 아니게 된다. 낙오자가 된다. 자기도 모르게 게임 스타트 버튼을 클릭하고 다시 레벨업을 위한 길을 나선다.

'캐릭터 + 실력 + 운 = 성공'이라는 세계관을 적절히 배합한 반죽 위에 현질(돈)이라는 치트키를 토핑으로 얹은 '게임'이란 것은 인간 세상의 축소판이다. 현실세계에서도 지능이나 체력, 민첩함, 맷집 등 타고난 캐릭터 위에 노력을 통해 실력을 쌓고, 마지막으로 타이밍과 여러 가지 상황적 운이라는 결정요소에 의해 성공 여부가 갈린다. 무조건 성실히 열심히 한다고 되는 게 아니어서 운도 따라 줘야 하지만, 현질 앞에서는 모든 것이 무력

화된다. 할아버지 때부터 삼대를 이어서 백오십 년 동안 릴레이 레벨업을 했다 해도 현질하는 사람의 클릭 한 번이면 무너진다. 하지만 '그걸 안다고 해서 끊임없는 레벨업과 득템의 재미가 사라지지는 않는다'가 요점이다. 어차피 현질을 할 수 있는 사람은 한정되어 있다. 나머지 사람들 중에서는 내가 최고가 되리라, 그래서 언젠가는 나도 보란 듯이 마음대로 현질하는 사람이 되리라, 하는 막연한 소망에 일생을 맡긴다.

사실상 '게임중독자'나 현실 세상에서의 '발전중독자'나 다를 게 없다. 둘 다 짜릿한 승리와 득템의 맛에 중독되어 소중한 시간을 마치 담배처럼 태워 버린다. 그렇게 인생이 '레벨업(발전)'과 '득템'이라는 끝없는 쾌락의 쳇바퀴 속에서 타들어 가는 동안에는 '왜 태어났는지'나 '어디서 와서 어디로 가는지'에 대한 질문을 던질 수 없다. 그저 타들어 가는 동안 즐거움을 느끼다가 다 타면 죽는다, 라는 것뿐이다.

인생을 게임처럼 사는 사람들은 모든 것이 아이템이고 모든 일이 레벨업이다. 외모도, 재정상태도, 체력도, 사회적 지위도, 모두 레벨업 해야 한다. 자신도, 가족도, 친구도 모두 레벨업의 대상이다. 아무리 많이 벌고 아무리 많이 노력하고 성취해도 추가적인 레벨업에 요구되는 돈과 시간은 점점 늘어만 가고, 당연히 레벨이 높아질수록 득템해야만 하는 머스트해브(Must-have)

아이템도 늘어만 간다. 마치 엔트로피처럼 모든 것이 퍼져만 나갈 뿐 수렴하지 않는다.

나보다 레벨이 낮은 플레이어들을 발아래로 내려다보는 것으로 만족을 삼아 봐도 그때뿐이다. 지금의 레벨을 유지하는 것으로는 아무래도 재미가 없기 때문이다. '현상 유지'를 목표로 했다가는 머지않아 추월당해 상대적으로 낮아지고 만다는 걸 알기 때문이기도 하다. 돈 모으는 재미, 승진하는 재미, 자식 레벨 업시키는 재미, 집 늘리는 재미, 각종 경험치—여행, 맛집, 레저, 섹스, 공연 관람 등—를 쌓아 가는 재미. 레벨업의 재미를 포기하는 순간 삶의 모든 재미가 사라진다. 물어보면 아니라고 부인하겠지만 그런 사람들은 인생 자체가 하나의 게임이다.

인생을 게임처럼 살지 않는 사람의 눈에는 레벨 1의 플레이어나 레벨 40짜리 플레이어나 똑같이 사람으로 보일 뿐이다. 사람 위에 사람 없고 사람 아래 사람 없다. 모두 각자의 사정이 있고, 각자의 자리에서 각자의 책임을 다하며, 각자의 인생 속에서 의미를 찾아야 하는 한 인간으로 보일 뿐이다. 의미를 추구하다가 레벨 3으로 인생을 마친 플레이어가 레벨업하는 재미에 빠져 레벨 50으로 인생을 마친 플레이어보다 훨씬 성공적인 인생을 살았음을 이해한다. 그걸 이해하면 게임에서 소위 말하는 '만렙'이 부럽지 않게 된다. 레벨업을 해야 한다는 강박이 전혀 없고 늘 마음이 평화롭다. 일용할 양식이 있고 몸 성하면 물질적으로는 더 걱정할 게 없다. 그래서 레벨업이나 득템이라는 목적을 바탕에 깔지 않은 '의미 있는 일'을 할 수 있게 된다.

이 부분이 핵심이다. 인생의 의미를 찾으려면 '의미 있는 일'을 해야만 하는데, 의미 있는 일은 대부분 아무도 알아주지 않거나 소위 '레벨업'에 도움이 안 된다. 대부분의 경우 레벨업과 의미 있는 일 중에서 양자택일을 해야만 한다. 레벨업을 하려는 사람은 여러 가지 레벨업을 위한 일에 시간과 에너지를 사용해야 한다. 도움이 필요한 사람들보다는 도움이 필요 없는 사람들에게 잘 보여야 하고, 단위 시간당 가장 큰 수익을 가져다줄 수 있는 커리어를 항상 고민해야 한다. 그런 사람들이 무슨 '인생의 의미'를 생각할 겨를이 있겠나. 레벨업과 그 과정에서 얻는 쾌감이 곧 의미이자 목적일 뿐이다. 마치 게임처럼.

인생을 게임처럼 사는 '레벨업 세계관'을 벗어나면 비로소 의미 있는 일을 할 수 있게 된다. 사사로운 이익을 바탕에 깔지 않은 그 순수한 의미는 세상의 빛과 소금이 되어 퍼져 나가 여러 사람을 살린다. 레벨업을 고려하지 않은 대가로 여러 가지 불편을 겪기도 하지만 항상 이해할 수 없는 평화와 기쁨 가운데 안식이 있다. 레벨이 높은 자들이 안식이 없고 인생에 낙이 없어서 항우울제와 수면제와 여러가지 마약을 복용하는 것과는 대조적이다. 여기서 흥미로운 점은 레벨이 높은 자들뿐 아니라 레벨이 낮은 사람들도 '레벨업 세계관'을 갖는 것만으로 우울증과 불면 증과 마약중독에 빠진다는 것이다. 마치 전염병과도 같은 '레벨 업 세계관'을 가진 모든 사람들에게 이런 글귀가 적힌 스티커를 나눠 주고 싶다.

"주의! 인생은 게임이 아닙니다."

인생을 게임처럼 사는 사람은 인생의 의미를 알 수 없고, 인생 의 의미를 아는 사람은 인생을 게임처럼 살지 않는다.

짱 나 와 도 괜 찮 아 !?

로또를 샀는데 당첨되지 않았을 때, 기대를 갖고 어떤 일을 했는데 기대한 결과가 나오지 않았을 때, 우리는 '꽝'이라고 한다. 꽝, 다음 기회에.

꽝, 꽝, 오천 원 당첨, 꽝, 꽝, 꽝, 꽝, 만 원 당첨, 다시 꽝의 연속. 그러고 있는데 1등에 당첨된 사람의 소식이 들려온다. 잠깐 우울하다가, 심기일전 다시 긁기 시작한다. 복권 얘기지만 인생도 똑같다.

매일 아침 우리는 여러 기대를 품고 하루를 시작한다. 버스나 엘리베이터가 빨리 왔으면, 점심에 맛있는 걸 먹었으면, 비가 오지 않았으면, 직장 상사나 클라이언트가 괴롭히지 않았으면, 야근이 없었으면 등 일상적으로 매일 품는 기대만 해도 하루 여남은 개는 넘을 것이다.

일상적이지 않은 특별한 기대도 있다. 수입이 늘었으면, 오랜

만에 다 모여서 한잔했으면, 여행을 떠났으면, 몸이 그만 아팠으면, 마음에 드는 이성이 나타났으면, 내년에는 결혼을 했으면, 아기를 낳았으면, 부모님 건강이 좋아졌으면… 이런 특별한 기대 복권의 특징은 매일 긁는다는 점이다. 매일 꽝이 나와도 될 때까지 계속, 매일 마음으로 긁는다.

일상적인 기대와 특별한 기대를 합하면 우리가 긁는 복권은 일 년에도 수천 개는 된다. 그 수천 개의 복권 중에 꽝은 얼마나 될까. 일일이 세어 볼 수는 없겠지만 꽝이 대부분이란 점에 있어서는 모두가 동의할 것이다. 만약 대부분이 '당첨'인 날이 있다면 그날은 날아갈 듯 행복한 마음으로 잠자리에 들었을 것이기 때문이다. 너무 좋아서 잠이 달아날 수도 있다. 그런 날이 일 년 중에 며칠이나 될까.

인간은 매일 똑같은 복권을 될 때까지 긁어 가며 수많은 꽝과 간헐적인 당첨을 반복하며 살아가는 존재다. 그것만 해도 힘든데 공평하지도 않다. 누구는 거의 다 꽝이고, 누구는 연속해서 당첨된다. 당첨이 재앙의 시작이고 꽝이 전화위복이었던 것으로 드러나기도 한다. 꽝 나와서 우울한데 당첨됐다고 덮어 놓고 마냥 좋아할 수도 없고, 다음 긁어야 될 복권은 줄줄이고, 뭘 해야 할지, 뭐가 뭔지 몰라서 그냥 남들이 사는 대로 따라서 산다. 중간은 가려고. 뒤처지지 않으려고. 그러다 보니 치킨 먹고, 여행 가고, 술 취하고, 종족 보존을 위한 행위를 하는 게 제일 확실하게 좋다. 여건이 허락하는 대로 뭔가 더 새롭고 희한한 일을 좀 해 보고 싶은 뒤틀린 욕구도 쌓인다. 일상의 탈출. 어차피 복권 긁다 가는 인생, 그런 짜릿한 맛이라도 있어야지 싶다. 모든 계급의 거의 모든 인간이 그러고 산다. 똑같은 열등감과 똑같은 우월감, 그렇고 그런 인생. 개미지옥. 벗어날 방법은 없을까.

방법이 있다. 개미지옥 탈출 방법은 생각보다 심플하다. 꽝 나와도 괜찮은 인생을 살면 된다. 그럴 리는 없겠지만 만약 기대하는 모든 것들이 하나도 빠짐없이 꽝이 나오더라도 '성취감'을 느낄 수 있는 인생이 있다. 의미로 가득한 인생의 지향점이 있는 인생이다. 가령, 몰디브 가서 모히또 한잔하려고 복권 사서 긁었는데 꽝 나오면 우울하다. 역시 나는 못 가는구나. 하지만 불행한 사고를 당해 큰돈이 필요하게 된 사람을 돕고 싶은 마음에 복권을 긁었다면 꽝 나와도 우울하지 않다. 성욕이나 소유욕을 채우려고 매력적인 누군가에게 사귀자고 했다가 꽝 나오면 창피하고 우울하다. 하지만 결과와 상관없이 진심으로 좋아하는 사람에게 마음을 전할 목적으로 고백을 하면 꽝 나와도 후련하다. 순수한 마음을 전했으니 후회가 없고, 상대방도 그런 진심을 느끼면 고마운 마음이 앞설 것이다.

이렇듯 꽝 나와도 괜찮은 일들은 남을 위하고 순수한 마음에서 비롯된 '의미로 가득한' 것들이다. 일신의 욕심에서 비롯되지 않은 일들이다. 그런 일들로, 기대들로, 복권들로 인생을 채우면 채울수록 꽝 나와도 괜찮은 인생이 된다. 당첨 나오면 행복하고, 꽝 나와도 후련하다. 그래서 매일 꽝이 나와도 항상 기쁠 수 있다. 잘되면 행복하고 못 돼도 최소한 후련하니까.

남들이 인정하고 부러워하는 인생을 위한 모든 기대복권은 꽝 다음 꽝, 실망 다음 실망인 인생으로 귀결된다. 어쩌다 나오는 당첨은 마약처럼 중독성과 기대치만 키울 뿐이다. 마치 슬롯 머신처럼. 그러나 남을 위한, 가족도 아닌 이웃을 위한 뚜렷한 목적이 있는 인생은 꽝이 나와도 괜찮다. 시도 자체가 귀하고 의미 있음을 마음으로 부인할 사람도 없다. 물론 그런 사람 옆에 있으면 자기만 아는 스스로가 나쁜 사람처럼 느껴지니까 못 잡아먹어 안달인 게 세상 사람들이지만, 그들도 마음으로는 안다. 자신의 인생이 실망 다음 실망, 그러다 어느 날 죽음, 그뿐이라는 걸. 이대로 살면 우울증 안 걸리면 다행인 아무 의미 없는 인생이라는 걸. 꽝 나와도 후회 없는 후련한 인생을 살아야 하는 이유다.

유토피아가 불가능한 이유

인류가 유토피아를 만들지 못하는 이유는 방법을 몰라서가 아니다. 능력이 부족해서도 아니고 자원이 부족해서도 아니다. 양심이 없어서다. 양심 없는 위선자가 너무 많아서다. 그리고 높은 확률로 거기엔 당신도 포함된다.

패스트푸드점에서 콜라 리필을 중단하는 이유는 음료 하나 시켜서 세 명이 먹는다든가 숨겨 온 페트병에 담아서 집에 가져가기 때문이다. 코스트코에서 양파 리필을 중단하는 이유도 집에 싸 가기 때문이고 목욕탕에서 샴푸와 린스를 비치하지 않고 로션을 바닥에 본드로 붙여 놓는 이유도 집에 가져가기 때문이다.

인류는 이미 전 인류가 배불리 먹고도 남을 음식과 물을 가지고 있다. 하지만 그런 인류에겐 양심이 없어서 매일 사람들이 곳곳에서 굶어 죽는다. 가진 것이 남는 사람들이 나눔을 하고자 집 밖에 음식이나 옷가지, 생활도구 등을 내놓는다고 하자. '필요한 분만 가져가세요'라고 커다랗게 써 놓아도 반나절도 안 돼서 누군가가 싹 가져다가 팔아먹는다. 나눔한 음식 먹고 식중독 걸렸다며 치료비 청구하는 사람 없으면 다행이다.

누군가는 그러겠지. 그래서 법치가 중요한 거라고. 틀렸다. 법치는 법꾸라지들을 위해 존재하는 도둑질 가이드일 뿐이다. 요리조리 편법을 활용하고, 나아가서 국회의원들을 매수해 유리한 예외조항을 법에 끼워 넣을 수 있는 사람들을 위해 법은 존재한다. 오백 억 횡령하고 5년형 받아서 2년 살다 나오는 사람들을 위해 법은 존재한다. 그들의 고장난 양심을 법이 위로해준다. 그래도 법대로 했잖아, 하고. 정작 정직하고 양심적으로 사는 사람들은 법 때문에 잔잔한 불이익을 계속해서 받는다. 그래도 감수하고 살아간다. 법은 법이니까, 하고. 양심적인 사람들에게 법은 필요 없지만, 양심 없는 사람들에게 법은 꼭 필요한 전략전술 가이드라인이다. 부패한 소수를 성난 다수로부터 보호해 주는 것도 법이다.

인류는 이미 모든 이가 행복하게 살 수 있는 모든 걸 다 가지고 있다. 팬데믹 발생 직전 전 세계 해외여행자 수는 세계 인구의 두 배였다. 그렇다고 모든 사람이 두 번씩 해외여행을 갔을까? 가는 사람만 평균치의 두 배, 세 배, 열 배로 다니고 과반 이상의 사람은 한 번도 못 갔다. 그럼 가진 자들이 무료 해외여행 상품을 개발해서 나눔하면 되지 않겠냐고? 절대로 안 된다. 무료 여행권 팔아먹는 사람, 무료 여행 보내 준 사람에게 소송을 거는 사람, 어차피 공짜로 받은 남의 여행권 빼앗겠다고 훔치고 때리고 죽이는 사람 등 갖가지 괴물이 출몰할 것이기 때문이다.

인류는 스스로의 비양심에 가로막혀 비효율과 부조리, 부정부패와 고통이 가득한 세상을 살아간다. 그런 줄도 모르고 '가진 자들을 타도하면 유토피아가 옵니다'라고 교활한 거짓말을 하는 마르크스 같은 사람에게 낚여서 온통 피바다를 만들기도 한다. 그냥 팔십억 인구 각자가 자기 양심만 닦으면 곧바로 유토피아인 줄도 모르고. 팔십 억 각자가 절대로 목욕탕에서 수건 안 훔치고, 리필음식 규칙 지키고, 무료 나눔에서 꼭 필요한 만큼만 가져가고, 거짓말을 절대로 하지 않고, 필요 이상의 축재를 미워하고, 자기보다 어려운 사람을 매일 돕는다면 그게 유토피아인 줄도 모르고.

인류의 대부분은 앞으로도 유토피아가 불가능한 진짜 이유를 깨닫지 못할 것이다. 탄소중립이니 기본소득이니 하는 본질을 벗어난 캐치프레이즈 아래 점점 더 생지옥을 구현해 갈 것이다. 하지만 '해피엔딩'의 가능성도 있다고 믿고 싶다. 예를 들어 성경책의 결말도 하나의 해피엔딩인데, 신이 이제껏 지구상에 살았던 인간들 중에 양심적인 사람들만 골라 부활시켜 지구상에 '지상천국'을 구현하는 것으로 끝이 난다. 그 과정에서 양심적이지 못한 사람들은 모두 지옥으로 보내져 영원히 불타게 된다는 점에서 보면, 전지전능한 신조차도 비양심적인 사람들을 데리고는 유토피아를 만들 수 없는 게 아닐까.

지혜로운 사람이 원수를 대하는 자세

"널 부숴 버리겠어."

"너의 소중한 것들을 모두 잃게 해 주겠어."

"너도 똑같이 느껴 봐."

드라마에서 상대방을 저주하는 대사로 흔히 등장하는 대사들이다. 드라마에 단골로 등장한다는 건 그 대사가 일반 대중의 정서에 부합한다고 해석할 수 있다. 하지만 원수에게 저런 마음을 갖는다는 건 하나만 알고 둘은 모르는 일로, 그야말로 일차원적이라고밖에 할 수 없다.

미국의 팝가수 켈리 클락슨의 히트곡 〈Stronger〉의 후렴구 가사는 'What doesn't kill you makes you stronger'로 시작된다. 당신을 죽이지 못하는 것은 당신을 강하게 만들 뿐이야, 라는 뜻의 이 가사는 니체의 저서에서 인용된 것이다.

니체의 말에 근거해서 해석하자면 원수를 당장 죽이지 않고 힘들게만 하다는 것은 그를 더 강하게 만드는 일이 될 수 있다. 그렇다고 원수를 갚자고 살인을 도모해서 손에 피를 묻히고 살인자로 전락하는 건 더 큰 패배에 해당한다. 그러니 원수를 죽이는 것도, 가진 것을 모두 잃게 만드는 일도 복수로서는 낙제점이다.

지혜로운 사람은 원수의 승승장구를 빌어야 한다. 모두가 부러워하는 성공을 거두고, 절대로 큰 실패나 절망을 경험하는 일 없이 탄탄대로를 달리고, 누구나 인생을 살다 보면 한 번쯤은 겪는 실업이나 파산 같은 경제적 문제 혹은 본인이나 가족 구성원이 심각한 병에 걸린다든지 하는 일도 그만은 피해 가기를 빌어야 한다. 언제나 즐거움만 맛보고 건강하게 살기를 빌어야 한다. 그렇게만 산다면 원수는 깊이도 없고, 지혜도 없고, 천지분간 못 하는 그야말로 동물 같은 인생을 살다가 지옥으로 직행하게 될 것이기 때문이다. 그런 의미에서 우리나라 사람들이 인사말로까지 사용하는 '부자 되세요'는 저주에 해당한다. '꽃길만 걷자'는 '지옥에나 가 버려'에 해당한다.

한 사람이 깊어져서 세상과 인생의 의미와 영원의 의미를 이해하게 되는 데 있어 마일스톤과 같은 것이 시련과 절망, 뼈아픈 회개, 그리고 (자아의) 죽음과 부활이다. 그래서 나는 만약 원수가 앞에 있다면 맛있는 음식을 대접할 것이고, 진심으로 그가 아무런 시련도 실패도 없이 평생 풍족하고 건강하게 살기를 빌어 줄 것이다.

그리고 내가 사랑하는 사람들을 위해서는 신이 그에게 큰 시련과 실패를 죽지 않을 정도로만 여지없이 내려 주길 빌 것이다. 그렇게 해서 깊은 향기와 지혜와 신의 은총을 얻게 된 그 사람과 영원의 동행을 함께할 수 있도록.

> "그러므로 네 원수가 주리거든 그를 먹이고 그가
> 목마르거든 그에게 마실 것을 주라. 그리함으로 네
> 가 그의 머리 위에 불타는 숯을 쌓으리라."
> ― 로마서 12장 20절

인생에서 가장 중요한 질문

모든 사람은 태어나는 순간 죽음의 카운트다운이 시작된다. 누구는 80년, 누구는 40년, 누구는 20년⋯ 다소 차이는 있겠지만 언젠가 예기치 않은 순간에 죽음이 찾아온다는 점만은 공평하게 적용된다.

어른들이 아이들에게 많이 묻는 질문 중 가장 대표적인 것이 '커서 뭐 되고 싶어?'인데, 그건 기대심리도 반영되어 있겠지만 어디까지나 아이가 아직 죽음이라는 개념을 이해하지 못하기에 '그 이상 깊이 들어갈 수 없어서'일 뿐이다. 죽음을 인식할 수 있는, 그리고 해야만 하는 성인이 된 인간에게 최대의 질문은 무얼까. 서로 묻고, 스스로에게 물어야만 하는 궁극의 질문은 '사후 세계의 유무'다. 안타깝게도 인식하지 못하는 사람이 많지만 사실 모든 인간의 행위는 사후세계에 대한 믿음에 따라서 달라지기 때문이다. 인식하지 못하는 사이에 모든 인간 언행의 바탕에 깔려 있는 뼈대라고 할 수 있다.

사후세계가 없다고 믿는 사람은 어떻게 살아야 할까. 우선 '내 목숨의 유지'가 첫 번째여야 한다. 죽으면 모든 것이 끝이기 때문이다. 다음으로 이 세상을 살아가는 동안 '원 없이 후회 없이 최대한 누리며' 살아야만 한다. 죽으면 모든 것이 끝인데 쏜살같은 인생 남 위하다가 아무것도 못 누려 보고 죽는다면 얼마나 억울한 일인가. 혹시라도 약한 마음 먹어서 돈을 잃거나 사회적인 지위를 잃으면 남아 있는 인생이 얼마나 구차하고 불행하겠나. 가난이 얼마나 지독한데, 도덕이 무슨 소용이고 영혼이 다 무슨 소용이란 말인가. 내 인생이, 죽으면 끝일 뿐인 내 인생이 망가진다는데. 무슨 짓을 해서라도 한 번뿐인 짧은 인생 최대한 행복하게 사는 편이 현명하다. 적당히 양심도 챙기고 실리도 챙기겠다고? 그런 사람이 양심 다 버리고 철저하게 실리만 챙기는 사람을 어떻게 이기나. 시작도 하기 전에 진 게임이다.

그래서 사후세계가 없다고 생각하는 사람은 겉과 속이 달라야 한다. 겉으로는 적들에게 약점을 노출하지 않기 위해 도덕적인 척하면서도 속으로는 오로지 실리에만 집중해야 한다. 걸리지 않을 수만 있다면 탈법이나 불법도 적당히 활용해 앞서 나가야 한다. 그러지 못해 뒤처지면 의미 없는 약자로 살다 어느 날 안개처럼 사라지고 말 테니까. 죽으면 영원히 끝인데 구질구질한 약자의 인생보다 비참한 게 있을까. 몰래 나쁜 짓 신나게 하고도 부와 명예 다 갖고 매일 산해진미 먹으며 떵떵거리고 천수를 누리는 승자들이 얼마나 많은데. 행복이 곧 정의 아닐까. 그 흔한 한우, 사시미 한 접시도 먹고 싶을 때 마음대로 못 먹고 누추한 집에서 평생을 빌빌대다 죽는 사람은 완벽한 패배자일 뿐이다. 승자들의 '돈이 전부는 아니다'라는 입에 발린 위로가 더 비참하게 다가오는, 죽지 못해 사는 인생.

반면 사후세계가 있다고 생각하는 사람은 크게 두 부류로 나눌 수 있다. 첫 번째는 '윤회' 또는 '환생'을 믿는 부류, 두 번째는 '천국과 지옥'을 믿는 부류. 환생을 믿는다면 언제나 '다음 기회'가 있다. 혹시 이번 생의 여건이 너무 좋지 않아서 여의치 않다면, 가령 아이큐가 너무 낮게 태어났다든가 가정환경이 너무 안 좋다든가 한 경우라면 다음 기회를 노려 볼 만하다. 크게 죄만 짓지 않으면 된다. 살인 같은 큰 죄를 짓는다면 혹시 개나 고양이로 태어날지도 모르지만 그게 아니라면 미천하나마 인간으로 다시 태어나 계속해서 기회를 얻을 수 있을 것이다. 그러니 일단 태어났으면 노력을 해 보는 것도 좋겠지만 이번 생이 너무 힘겹다면 그냥 그럭저럭 살다가 죽어서 다음 생에 다시 시작하면 된다. 윤회의 수레바퀴를 벗어나 열반에 드는 일은 언젠가 여건이 딱 맞게 태어나 하면 수월할 것이다. 언제나 다음 기회가 있으니까 이번 생이 불행해도 느긋한 마음을 가질 수 있다. 설령 죽어 보니 윤회가 아니라 지옥이라 해도 사는 동안만큼은 다음 기회가 반드시 있을 거라고 자위하며 적당히 일하고 적당히 즐기며 살아갈 수 있다.

그런데 만약 천국과 지옥으로 이루어진 사후세계가 있다고 믿는다면 얘기가 한참 달라진다. 이 세상에서의 백 년 미만의 인생이 '영원'을 좌우한다. 기회는 딱 한 번뿐이다. 사후의 영원한 삶에 비하자면 이 세상에서의 삶은 전체에서 차지하는 비중이 0에 수렴한다. 왕으로 살았든 거지로 살았든 아무런 차이가 없다는 뜻이다. 그러므로 이생의 모든 생각과 행동은 사후의 천국에 포커스를 맞춰야만 한다. 오늘 당장 목숨을 버리는 한이 있더라도 천국을 사수해야만 한다. 이 세상은 단지 신이 알곡과 가라지를 분류해 내기 위해 만든 일종의 시험장이자 교육장에 불과하다. 실리를 추구하면 잘살고 양심을 추구하면 힘들어지도록 세상을 설계해 놓고는 그럼에도 불구하고 양심을 따르는 사람이 얼마나 되는지를 보기 위한 시험장이다. 그곳에서 사는 동안 창조주에게 알곡으로 선택받는 일이 어떤 것보다 중요하다. 그래서 천국과 지옥의 사후세계가 있다고 믿는 사람들은 욕심과 양심 사이에서 항상 양심을 선택하여 스스로를 가난한 고생길로 몰아넣는다.

이렇듯 사후세계가 있다고 믿는 경우와 없다고 믿는 경우는 모든 일에서 완전히 다르게, 정반대로 사고하고 행동하게 되고 또 그래야만 한다. 그래야만 본인들의 인생에 이롭다. 죽으면 끝이라고 생각하면서 어설프게 양심을 챙기면 그런 것따윈 개의치 않는 강자들에게 돈도 명예도 다 빼앗기고 약자로 살다가 끝날 뿐이고, 천국과 지옥을 믿으면서 이 세상의 돈이나 명예를 쫓으면 지옥행 급행열차를 타게 된다.

그런데도 아직 확실하게 사후세계에 대한 입장을 정하지 않고 살아가는 사람들이 많아 보인다. 그야말로 바보 중의 바보 같은 행동이다. 어느 쪽이든 입장을 확실히 해야 최고의 효율을 낼 것이 아닌가. 이도 저도 아니면 결국 모든 관점에서 실패한 인생이 된다. 최소한 한 관점에서는 성공한 인생을 살아야 할 것이 아닌가. 나중에 살다 보니 아닌 것 같아서 입장을 선회하는 한이 있더라도 일단은 사후세계에 대한 입장부터 확실히 하고 살아가는 것이 무엇보다 중요한 이유다.

브레이커 오브 체인

"당신은 느껴 왔다. 세상이 무언가 잘못되었다는 것을. 그게 뭔지는 몰라도, 분명히 그걸 느껴 왔다. 지금 이 순간에도 주위를 둘러싸고 있는 모든 것에서 그걸 느낀다. 창문을 내다볼 때도, 텔레비전을 볼 때도 당신은 느낀다. 일을 할 때도, 교회에 갈 때도, 세금을 낼 때도, 당신은 그걸 느낀다. 그것은 당신을 진실로부터 눈멀게 하기 위해 당신의 눈앞에 펼쳐진 세상이다. 진실은 무엇인가. 진실은 당신이 노예라는 것이다. 다른 모든 이들처럼 당신도 멍에를 매고 감옥 안에 태어났다. 냄새를 맡을 수도, 맛을 볼 수도, 만질 수도 없는—그래서 쉽게 알아차릴 수 없는—영혼의 감옥 안에."

― 영화 〈매트릭스〉 중 모피어스의 대사

〈매트릭스〉라는 영화가 많은 사람들을 설득해서 엄청난 성공을 이끌어 낼 수 있었던 이유는 일부이긴 하지만 진실을 담고 있었기 때문이다. 물론 내가 아는 할리우드는 진실을 사람들을 끌기 위한 미끼로 사용한 뒤 결말을 뱀처럼 아주 유연하게 비틀어 버리는 경우가 대부분이지만 그럼에도 진실을 일부 담고 있다는 건 부정할 수 없다.

성경에서 천지창조 바로 다음 내용이 이집트 파라오의 노예 신세에서 탈출하는 「출애굽」인 것은 우연이 아니다. 예수를 '체인 브레이커'라고 일컫는 것도 우연은 아니다. 심지어 유명한 미드 〈왕좌의 게임〉에 등장하는 여왕도 '브레이커 오브 체인'이라는 예수의 별명을 차용하고 있다. 그리고 사람들은 그 별명에 이유 모를 경외심을 느낀다. 왜 그럴까. 스스로 노예가 아니라면 딱히 별다른 느낌이 없을 텐데.

모든 사람은 '브레이커 오브 체인'을 갈망한다. 멍에의 줄을 끊고 감옥에서 해방시켜 자유를 선사할 누군가를. 어떤 이들에겐 경제적 자유가, 어떤 이들에겐 질병으로부터의 자유가, 어떤 이들에겐 여행의 자유가, 어떤 이들에겐 표현의 자유가, 어떤 이들에겐 정치이념이, 어떤 이들에겐 과학이 '브레이커 오브 체인'이다. 그것들이 고통으로부터 자유케 해 줄 것이라고 믿는다. 인생 전체를 두고 여러 가지를 변덕스럽게 갈망하기도 한다. 하지만 아무도 '난 이제 완벽하게 자유야'라고 생각하지 않는다. 세상에서 가장 돈 많은 사람도, 세상에서 가장 건강한 사람도,

세상에서 가장 여행을 많이 한 사람도, 세상에서 가장 똑똑한 사람도 그렇게 생각하지 않는다. 인간의 숙명적 슬픔이다. 모두가 벗어나보려 평생을 몸부림치는.

궁극적인 '브레이커 오브 체인'. 궁극의 자유란 무엇일까. 가짜들에 인생을 낭비하다 어느 날 허무하게 마치 수증기처럼 세상에서 사라지기 전에 궁극적인 '브레이커 오브 체인'을 찾는 것이 어쩌면 단 하나의 진정한 인생의 목적이 아닐까. 너무 뻔하잖아. 모두들 그걸 갈망하고 찾아다니잖아. 브레이커 오브 체인. 아닌 척하면서도 결국 그거잖아. 스스로를 속이지 않는 사람이라면 인생의 목적이 무엇인지 누구나 알 수 있기에 실패하더라도 아무런 변명을 할 수 없도록 설계된 사람의 인생이란 신비롭기만 하다. 진정한 '브레이커 오브 체인'을 찾아서 떠나는 신비로운 나그네 길. 다 가져도 못 찾으면 지고, 다 잃어도 그것만 찾으면 이기는 보물찾기.

신이 가만히 있는 이유

사람들은 말한다. 신이 있다면 저런 비극이 일어나도록 두지는 않았을 거라고. 아무 죄 없는 어린 아이에게 저런 끔찍한 일이 일어나도록 방관만 하지는 않았을 거라고. 그러니 신은 없거나, 있어도 인격이 없는 그저 우주 에너지 같은 존재일 거라고.

그런데 세상 비극의 진짜 원인은 무엇인가, 아무런 죄 없는 어린아이에게 일어난 끔찍한 일은 누가 저질렀는가를 생각해 보면 전부 사람이 한 일이라는 걸 깨닫게 된다. 이득을 위해 부실 공사를 해서 참사를 초래하고, 욕심과 복수심에 눈이 멀어 사람들을 죽게 만드는 건 언제나 사람이다.

그러니까 그걸 누가 모르냐, 그러니까 신이 있다면 단속을 하거나 하면 좀 좋아, 라고 말하는 사람이 있을 것이다. 누군가를 해하려는 사람의 팔다리를 마비시켜 버리고, 훔치려는 사람의 눈을 멀게 만들고, 불쌍한 사람에게 사기 치려는 사기꾼의 입을 봉해 버리고, 남에게 피해를 끼칠 만한 거짓말을 하려는 사람이 거짓말을 하려는 순간에 진실을 토해 내도록 해 버린다면 사람들은 신에게 감사하며 기쁜 마음으로 추앙할까. 혹시 처벌이 너무 과하다며, 신은 독재자라며, 이렇게 빡빡하게 군사정권 같은 압제를 할 거라면 뭐하러 애초에 자유의지를 줬냐며 불만을 터뜨리고, 비아냥대고, 앙심을 품을 사람이 더 많지는 않을까. 신이 그걸 모를까. 신인데.

국가가 국민을 대상으로 경찰을 동원해 순찰을 돌고, 단속을 하고, 공무원을 동원해 조사하고 통계를 작성하는 건 그렇게 하지 않으면 아무것도 알 수 없기 때문이다. 국가가 범죄를 저지른 사람을 강제로 감옥에 넣는 건 이미 저지른 죄에 대한 처벌 때문이기도 하지만, 한번 어떤 일을 저지른 사람을 처벌하지 않으면 반드시 똑같은 일이나 더 심한 일을 저지를 것이라는 일반적인 가정 때문이다. 다시 말하자면, 범죄자의 무의식과 의식, 의도와 의지를 알지 못하기 때문이다.

국가는 모른다. 국가를 컨트롤하는 공무원 역시 신이 아닌 사람이고, 사람이 사람의 마음을 읽을 수 없기 때문이다. 사람이 미래를 내다볼 수 없기 때문이다. 그래서 국가는 언제나 이미 벌어진 일, 드러난 현상만을 근거로 움직일 수밖에 없다. 움직일 때도 완전히 정의로운 방식으로 움직이는 것이 아니라 국민이 뽑았다는 국회의원들이 모여서 선의를 가지고 만들었다는 법과 규칙에 의거해서만 움직인다. 그게 인간이 할 수 있는 최선이며, 그래서 인간 세상엔 잔잔한 비극과 끔찍한 비극이 끊이지 않는다.

하지만 신은 모든 걸 안다. (앎에 한계가 있다면 그건 이미 신이 아니다.) 모든 사람의 모든 생각은 물론 그들이 꿈속에서 한 행동까지도 다 안다. 무엇보다 가장 공정하고 정의로운 판결(심판)이란 무엇인가를 안다. 가장 공정한 판결이란 한 생애를 마음대로 살게 놔둔 뒤 평가하는 것이라고 신은 판단했을 수 있다. 무엇보다, 신이라면 이번 생애에 일어났던 모든 비극, 아무리 끔찍한 일도 마치 없었던 일처럼 회복시킬 수 있는 능력을 가지고 있을 것이다. 엎질러진 물을 주워 담을 수만 있다면, 마치 엎질러지기 전처럼 깔끔하게 되돌릴 수 있다면, 물이 엎질러지는 걸 두려워할 필요는 없다. 엎지를 사람은 마음대로 엎지르라고 두고, 나중에 한꺼번에 주워 담으면 된다. 만약 그렇다면, 기왕 엎지를 자유를 허락할 거라면 굳이 존재를 드러낼 필요도 없다. 인간들은 신이 존재를 드러내는 것만으로도 '위계에 의한 강제'에 해당한다고 느낄 것이다. 경찰이 24시간 지켜보고 있기만 해도 선량한 시민을 '잠재적 범죄자' 취급한다며 불만이 한가득일 인간들이기 때문이다. 그러면 신이 마치 없는 것처럼 존재를 드러내지 않는 것도 이해가 가고, 이미 평가를 끝낸 소수의 사람들에게만 존재를 드러내는 것도 이해가 간다. 어차피 어디 가서 말해도 믿지 않을 테니까 소수의 사람들에게는 존재를 살짝 드러내도 상관이 없다. 그냥 그러고 싶으면 그래도 상관없다.

이처럼, 조금만 생각해 보면 이 땅 위에 비극이 넘친다고 해서 신이 없다고 하거나 신을 원망하는 것이 얼마나 일차원적인— 신의 존재를 판단하는 데 정작 신의 특성을 고려하지 않은— 논리인지 알 수 있다. 악의 존재가 신이 없음을 증명하는 게 아니라, 악의 존재는 그냥 그 악을 행한 존재가 악하다는 것을 증명할 뿐이다. 아무리 마음에 악을 가득 품은 사람이 있더라도 행동의 자유가 허락되지 않는다면 그 사람이 악하다는 것을 증명할 수 없다. 자유의지는 악한 사람이 스스로의 악함을 증명하고 선한 사람이 스스로의 선함을 증명하도록 해 주는 가장 공정하고 효율적인 장치다. 자유의지를 부여하고 신은 가만히 있으면 된다. 일단은 그렇게 가만히 지켜보기만 하면 된다. 내가 신이었어도—내 짧은 생각에 비추어 봐도— 그렇게 했을 것 같다.

자유의지가 그 기능을 충실히 수행하도록 하려면 섣부른 권선징악이 이루어지지 않는 게 무엇보다 중요하다. 가령 선을 행할 때마다 정확하게 통장에 돈이 들어오고, 악을 행할 때마다 정확하게 돈이 빠져나간다면 이 세상에는 순수한 선인이 하나도 없게 된다. 누가 돈을 위해 억지로 선행을 하는 사람이고, 누가 돈과 관계없이 마음에서 우러나와 선행을 하는 사람인지 알 수 없게 된다. 오히려 처음에는 순수한 마음으로 선행을 하던 사람마저도 곧 돈에 중독돼 눈이 벌개서 선행을 하게 될지 모른다. 모두가 돈을 위해 선행을 하는 세상이란, 아마도 다수의 악인과 소수의 순수한 선인이 있는 지금의 세상보다도 오히려 퍽퍽하고, 혼란스럽고, 지겨울 것이다. 그래서 신은 오늘도 가만히 보고 있는 게 아닐까. 인간에 의해 엎질러진 물을 모두 주워담을 머지않은 그날, 미리 정해 둔 그날을 기다리면서.

* PS
그렇다고 정부가 모든 국민의 생각을 읽는 장치를 개발한다면 어떨까. 이를테면 국민 개개인의 몸에 어떤 장치나 세균을 주사로 주입해서 퀀텀 바이오 컴퓨터에 연결시키면 모든 생각을 읽을 수 있게 되는 것은 물론이고 원격으로 특정인의 몸을 마비시키거나, 눈을 멀게 하거나, 심장을 멈추게 하거나, 심지어 특정한 생각과 행동을 하도록 컨트롤할 수 있다면?(세계적인 석학 유발 하라리는 이미 이런 기술이 존재한다고 공개 강연에서 언급하고 있다.) 공무원들은 퀀텀 컴퓨터의 보안 시스템에 의해 개인의 프라이버시는 완벽하게 보호되니까 걱정 말라고 하겠지만 그 말을 믿을 수 있을까. 결국 컴퓨터란 누군가에 의해 컨트롤되는 기계인데, 그래서 컴퓨터를 믿는다는 건 결국 그걸 컨트롤하는 사람을 믿는다는 건데, 믿을 수 있을까. 믿고 못 믿고를 떠나서 애초에 사람이 다른 사람의 생각을 들여다볼 수 있고 원격조종할 수 있다는 걸 받아들일 사람은 없다. 신이 그렇게 해도 자유가 없다며 불만을 쏟아낼 사람들이, 그래서 신도 가만히 있게 만든 사람들이, 소수의 높은 사람들이 언제든지 모처의 벙커에 들어앉아 자신의 생각을 훤히 들여다보고 생각과 행동을 원격조종하는 것을 순순히 받아들일 리 없다. 더구나 원격조종 당하는 사람이 생각을 잠식당해 조종을 당하고 있다는 사실조차 인지할 수 없는 시스템이라면, 그야말로 도입 자체가 인류의 종말이라고 보아야 할 것이다. 도입하는 순간 컴퓨터를 컨트롤하는 사람(들)은 신이 되고 나머지 모든 인간은 노예가 된다. 여기서 컴퓨터의 컨트롤 권한을 쥔 사람들이 신이 된다는 유혹을 뿌리칠 수 있는 가능성은 없다. 따라서 아무리 기술이 발전해도 인간은 세상을 낫게 만들 수 없다. 오히려 기술이 발전할수록 종말에 가까워질 뿐이다. 인간이 할 수 있는 일은 오로지 자기의 내면을 관조하고 청소해서 순수한 마음과 순수한 사명을 가지고 살아가는, 살아 내는 것뿐이다. 그것만이 다른 사람의 순수한 마음을 공명해 이끌어 낼 수 있다.

빛을 운반하는 사람들

"누군가 말했다. 가장 짙은 어둠도 가장 흐린 빛에
사라지는 거라고. 이것은 살아남는 것보다 살아야
할 이유를 찾는 게 더 힘겨운 세상에서 기어이 살아
갈 이유를 찾아내는 우리들의 이야기다."

넷플릭스 시리즈 〈스위트 홈〉의 도입부에 등장하는 인상적
인 내레이션. 온갖 그로테스크한 몬스터가 난무하는 이 아포칼
립스물에서 모든 비극의 시작은 한 아파트 입주자가 경비에게
썩은 생선을 마치 선심 쓰듯 하사하는 사건에서 비롯된다. 썩은
생선 냄새를 맡은 경비원의 코에서 주르륵 쏟아진 코피가 온 세
상의 종말을 틀어막고 있던 어떤 결계를 해제하고, 그러자 곳곳
의 억눌려 있던 괴물들이 하나둘 변태를 시작한다. 그렇게 괴물
로 변한 인간들에 의해 세상의 종말이 시작된다.

비록 다 기울어져 가는 허름한 아파트에 사는 주민들이었지
만 그들의 불행은 가난이 아니었다. 내가 그래도 이웃들보다는

좀 낫다는 선민의식, 부모도 없고 돈도 없으니 아무런 희망이 없다는 염세주의, 남들이 나를 멸시한다는 피해의식들이 엉킨 실타래에서 모든 불행은 곰팡이처럼 피어났다. 물질이 아닌 씁쓸하게 한 맺힌 정신에 의해 괴물은 탄생했다.

계란 반찬을 도시락으로 싸 오는 친구가 제일 부럽고 간장에 밥만 비벼 먹을 수 있어도 행복하던 시절에는 지금처럼 많은 사람이 자살하지 않았다. 쌀통에 쌀이 떨어져 이웃집에서 꿔다 먹거나 동냥젖을 얻어 먹이는 처지에서도 자살을 택하지는 않았다. 자살을 하려다 혼자 죽기가 억울해 칼을 휘두르는 일도 없었다. 우리는 한강의 기적을 성취하는 와중에 무엇을 잃어버린 것일까. 일인당 국민소득 삼만 불의 대한민국에서 매일 인구대비 세계에서 가장 많은 수의 사람들이 스스로 목숨을 끊는다.

그래서 정상인이라면 누구나 지금 이 세상은 뭔가 단단히 잘못되었으며 갈수록 그 정도가 악화되고 있다고 느낀다. 좋은 것만 보고, 듣고, 원하는 것들을 손에 넣기 위해 앞만 보고 달리는 사람들은 마치 차안대를 한 말과 같다. 경주마의 좌우 시야를 가려서 앞만 보고 달리도록 만드는 차안대. 세상은 차안대를 하고 달리는 말들로 넘쳐난다.

지금 이 순간 차안대를 벗고 시점을 하늘 위로 가져가 보자.

하늘로 날아올라 투시가 가능한 신의 눈으로 세상을 둘러보
자. 마치 〈위대한 개츠비〉의 닉 캐러웨이가 뉴욕의 호텔방에
서 광란의 파티에 빠져 있다가 잠시 정신을 차리고 'within and
without'의 관점으로 건너편의 수많은 창문 안을 한눈에 바라보
듯이. 그러면 수많은 인간 군상이 눈에 들어올 것이다.

침대에서 부부관계를 하고 있는 옆집 부부, 과일을 먹으며 둘
러앉아 이야기꽃을 피우는 윗집 가족, 물건을 집어 던지며 싸우
는 건넛집 부부, 그럼에도 귀마개를 하고 열심히 공부하는 아이,
게임에 빠져 있는 옆집 아이, 목욕하면서 좋아하는 남자를 생각
하는 젊은 여자, 그런 줄도 모르고 음란물을 보면서 자위행위 중
인 그 남자.

좀더 클로즈아웃해서 넓게 바라보면 뉴스에서만 보던 장면들
도 눈에 들어온다. 고급 단독주택에서 수많은 와인병을 앞에 두
고 난잡한 스와핑을 즐기는 커플들, 그 집 앞 골목길의 쓰레기를
수거 중인 환경미화원, 클럽에 모여서 마약에 취한 여자들을 강
간 중인 금융업 종사자와 연예인과 사업가. 정경유착으로 아파
트를 올려 쉽게 번 현찰을 반라 상태의 룸살롱 여자 종업원들에
게 마구 뿌리는 남자, 조폭 두목과 은밀한 미팅을 갖는 모 자치
단체장, 오래된 주택가의 한 반지하방에서 젊은 여성의 장기를
꺼내고 포를 뜨고 있는 오원춘 친구. 세상 모든 일들이 비로소

있는 그대로의 모습을 드러내면 당신은 처음 보는 잔인함과 더러움에 곧바로 구토를 한 뒤 혼절하게 될지 모른다.

이 모든 것을 보고도 '아직은 살 만한 세상'이라고 말한다면 그건 스스로의 양심을 속이는 행위다. 조금만 위치를 이동하면 지옥이 펼쳐져 있는데 단지 운 좋게 거기에 내가 없을 뿐이라는 진실을 양심이 있다면 인정해야만 하지 않을까. 만약 아주 오래전 아담과 이브가 에덴동산에서 쫓겨난 이후부터 세상의 모든 일들을 지켜봐 온 사람이 있다면 그는 이 세상을 '단 한순간도 제대로였던 적이 없는 세상'이라고 평가하지 않을까.

만약 누군가가 '긍정의 힘'을 설파하며 좋은 것만 보고 좋은 것만 생각해야 건강해지고 많이 가질 수 있다고 말한다면 그 사람은 당신을 '차안대를 한 경주마'로 만들려는 것이다. 그래서 세상의 진실은 하나도 보지 못하고 앞만 보고 달리다가 죽도록 하려는 것이다. 차안대를 한 경주마에겐 구원이 없다.

그럼 세상을 있는 그대로 바라본다고 해서 달라질 것이 무어냐, 그런다고 떡이 생기냐 밥이 생기냐, 라고 묻는 사람들이 있을 것이다. 그런 사람은 특별히 아끼는 사람이 아니라면 멀리하는 것이 좋다. 밥과 떡만 보고 달리는 차안대를 한 말이기 때문이다.

세상을 있는 그대로 바라보려고 노력하고, 흩뿌려진 단서들을 발견하고, 점들을 잇는 이유는 우리에게 출발지점이 필요하기 때문이다. 그리고 그 출발지점을 최대한 진실되게 설정해야만 목적지로 가는 방향을 가늠할 수 있기 때문이다. 현재 위치를 모르면 거리도 방향도 알 수 없게 된다.

우리의 인생은 'A지점에서 B지점으로 가는 행위들'로 구성되어 있다. A는 현 위치, B는 목적지다. A는 불만족스럽거나 부족한 지점이고, B는 보다 나은 곳이다. A는 현실이고, B는 이상향이다. 그리고 우리 뇌는 A지점에서 B지점으로 '가고 있다고' 느낄 때 도파민을 분비해서 보상한다. 물론 마약이나 음식, 섹스, 술도 도파민을 분비시킨다. 하지만 그렇게 해서 얻는 도파민은 결국 중독과 영원한 불만족으로 이어진다.

정도의 문제지, 누구나 A에서 B로 간다. 그렇지 않으면 인간은 살 수 없기 때문이다. 문제는 차안대를 한 경주마들의 A와 B는 가상현실에 가깝다는 데 있다. 아무리 강한 도파민 보상이 주어져도 진실과 멀어진 A와 B에서 허우적대는 사람은 결국 허무함을 느낀다. 가슴속의 휑한 구멍이 도무지 메워지지 않는 느낌을 지울 수가 없다. 그 구멍은 허영으로도, 사치로도, 음식으로도, 섹스로도, 권력으로도 채울 수 없다. '뭔가 잘못됐다'라는 아주 작은 양심의 목소리가 옷장 속에서 들리는 누군가의 목소리처럼 계속해서 들려온다.

신의 전지적 시점에서 세상을 바라보려고 노력하고, 그래서 세상이 뭔가 크게 잘못됐다는 걸 알았다면 그 순간의 그 위치가 A가 된다. 경주마의 그것보다 훨씬 진실을 포함한 A다. 그러면 B는 무엇이 되어야 할까.

'Better World'

사실 모든 B는 '보다 나은 세상'이다. 떡을 원하는 경주마에겐 떡 많은 세상이 보다 나은 세상이다. 진실과는 무관하다. 떡만 있다면. 하지만 세상의 진실된 모습을 인지하고 있는 사람에게 보다 나은 세상은 진실로 모두에게 보다 나은 세상이 된다. 그리고 그걸 위해 나아가는 것이 나의 인생이라고 확신하게 되면 희망을 느낀다.

그럼 '보다 나은 세상'이란 무엇일까. '진실'과 '양심'에 답이 있다. 무얼 하든 정직하게, 그리고 양심적으로 하면 그 자체로 세상은 1만큼 더 나은 곳이 된다. 내 방을 청소하든, 환경미화원이 되어 거리를 청소하든, 정직하고 양심적으로 하면 세상은 반드시 조금이라도 나아진다. 혼자 책을 읽어도, 가족들과 밥을 먹어도, 친구들과 수다를 떨어도, 직장에서 업무를 해도, 정직하고 양심적으로 하면 나와 내 주변은 물론 결과적으로 이 세상 전체가 조금은 더 나은 곳이 된다. 결국 세상이란 누구에게든 '나와 이웃들'로 이루어졌기 때문이다.

나는 몰랐다. 무엇이든 일류, 일등을 하면 모든 것이 좋아지는 줄 알았다. 경쟁에서 이겨야 하고, 돈을 더 많이 벌어야 하고, 외모가 더 좋아야 하고, 아는 것이 더 많아야만 한다고 여기며 살아왔다. 하지만 그건 차안대를 한 경주마의 삶에 지나지 않았고 세상의 날고 기는 수많은 우수한 경주마들이 헛되이 인생을 허비하며 죽음을 향해 돌진해 간다는 걸 나중에야 깨달았다. 왜 유명 연예인들이나 재벌총수들, 정치인들이 하나같이 부정부패나 약물 문제, 섹스 스캔들에서 자유롭지 못한지 곰곰이 생각해 보았어야만 했다. 그건 그들이 차안대를 한 경주마들이기 때문이었다. 세상 모든 경주마들의 경주마들.

배관공을 하고, 접시 닦기를 해도 완벽에 가까운 정직함과 양심을 가지고 하면 얼마든지 서울시장이나 성남시장보다 충만한 삶을 살 수 있다는 걸 몰랐다. 그런 사람에겐 하나둘 진정으로 신뢰하는 사람들이 생겨나고 따르는 사람들도 생길 것이다. 배관공 생활을 우직하게 십 년쯤 하고 나면 몇몇 부하 직원들을 거느리게 될 것이고, 그들의 전적인 신뢰에 힘입어 자기만의 비즈니스를 시작하게 될 수도 있다. 여러 뜻하지 않은 상황에서 만난 사람들이 뜻밖의 길로 초대할지도 모른다. 중요한 건 어떤 종류의 일을 하느냐보다 그 일을 어떻게 하느냐라는 걸 몰랐다. 어떤 종류의 일을 어떻게 하느냐보다 어떤 사람인가가 더 중요하다는 걸 몰랐다.

차안대를 벗으면 달리기를 잠시 멈춰야 할 수도 있다. 인생의 우선순위가 완전히 바뀌기 때문이다. 그래서 그동안 쌓아 왔던 것들을 잃어버릴 수도 있다. 하지만 그게 거짓된 것들을 버리고 진실을 새로 담아 가는 과정이란 걸 이해해야만 한다. 어떤 희생을 치르더라도 진실과 양심만은 양보할 수 없다는 자세가 아니면, 왜 그래야 하는지 알지 못하면, 진짜 세상을 보더라도 곧 길을 잃어버린다. 어디가 어딘지 모르는 4차원의 세계를 떠돌게 되어 차안대를 하고 달리던 시절보다 더 심각한 상태가 되어 버린다. 양심은 세상의 나침반이고 진실은 세상의 빛이기 때문이다.

진실과 양심의 힘은 시쳇말로 '저세상 레벨'이다. 그 어떤 악당도 진실과 양심의 힘을 대중 앞에서 부정하지는 못한다. 그래서 악당들은 뒤로 몰래 비밀들을 품고 살면서 앞으로는 진실과 양심에 어필할 만한 가짜 스토리를 꾸며 댄다. 그들은 양심의 찔림이라는 괴로움을 피하기 위해 쓸데없는 것들에 평생을 몰두하다가 죽는다.

진실과 양심을 품은 사람들은 퓰리처상을 수상한 코맥 맥카시의 소설 『더 로드』에서 말하는 '불을 운반하는 사람들'이다. 마치 성화봉송자처럼 길을 달리며 세상에 빛(불)을 비추고, 어둠 속을 살던 사람들에게 빛을 전한다. 사람들을 잠시 멈춰서 생각하게 하고, 자기 자신을 되돌아보게 한다. 그래서 차안대를 하고 달리던 경주마들을 '빛을 운반하는 사람'으로 거듭나게 한다. 캐나다의 심리학자 조던 피터슨은 '사람이 할 수 있는 가장 근사한 모험은 아무런 어젠다 없이 진실을 말하고 무슨 일이 일어나는지 보는 것'이라고 말했다. 그런 모험보다 더 가슴 뛰는 일이 있을까. 진실과 양심에 의해 태어나는 빛을 운반하는 사람들. 제대로 된 것 하나 없는 세상에서 오늘도 내가 살아가는 이유다.

두 가지 지혜

명석하다거나 똑똑하다는 표현보다 한 수 위의 칭찬으로 받아들여지는 '지혜롭다'. 하지만 지식이나 지능처럼 지혜에도 두 가지 상반되는 지혜가 있다. 죽음의 지혜가 있고, 생명의 지혜가 있다.

죽음의 지혜는 나를 높아지게 하는 지혜다.

적재적소에 필요한 말이나 행동을 취할 줄 알고,
불리한 부분은 감쪽같이 잘 감추고,
실질보다 더 돋보이게 포장을 잘하고,
이득을 줄 사람을 홀리고 관리할 줄 알고,
이득이 안 될 사람을 매너 있게 잘 쳐낼 줄 알고,
일과 쾌락의 극대화를 동시에 추구할 줄 알고,
돈 욕심을 일에 대한 사명감으로 포장할 줄 알고,
무슨 일이든 자기 합리화가 가능하고,
겸손한 사람이란 평판을 이끌어 낼 줄 알고,

동시에 자신을 특별한 존재로 만들어 갈 줄 아는 지혜.

그런 지혜가 죽음의 지혜다.

한 곳에 뛰어난 죽음의 지혜를 가진 사람이 있으면, 반드시 다른 한 곳에서 사람이 죽어 나간다. 모르는 사람일 수도 있고 아는 사람일 수도 있다. 분명한 건 높아지려는 사람은 반드시 누군가를 죽게 한다는 것이다. 이 세상에서 높아지는 과정에는 반드시 과장과, 축소와, 약간의 거짓말이 필요하다. 때로는 음모와 권모술수도 필요하다. '살아남는다'는 미사여구로 불같은 욕심을 합리화하며 그런 짓들을 해내야만 더 높아질 수 있는 순간이 반드시 온다. 그리고 그 순간, 높아지는 쪽을 선택하면 그로인해 누군가는 배신당하고, 버려지고, 생계가 끊기고, 망가지고, 죽는다. 나비효과다.

생명의 지혜는 나를 낮춤으로써 생명의 빛을 타인과 나누는 지혜다.

지름길을 두고도 돌아갈 줄 알고,

더 가질 수 있어도 만족할 줄 알고,

욕심보다 의미가 중요한 이유를 알고,

포장하거나 감추지 않은 있는 그대로를 중시하고,

나보다 남을 낮게 여길 줄 알고,

양심의 가책 앞에서 자기 합리화를 거부할 줄 알고,

나에게 이득을 줄 사람보다 도움이 필요한 사람들을 가까이

하고,

세간의 평가에 개의치 않고 진실만을 말할 줄 알고,

양심을 타협하고 비밀을 만드느니 모두 버릴 줄 알고,

자기 자신이 특별하지 않다는 걸 뼈저리게 아는 지혜.

그런 지혜가 특별한 지혜, 생명의 지혜다.

죽음의 지혜로 한껏 높아진 사람은 생명의 지혜를 가진 자 앞

에서 한없이 초라하다.

진짜
짜
자
유

남에 대한 질시와 질투로부터의 자유,

맛있고 보기 좋은 음식에 대한 끝없는 식탐으로부터의 자유,

한 여자, 한 남자로 만족 못 하는 더러운 성욕으로부터의 자유,

몸, 영혼 다 팔게 하는 돈 욕심으로부터의 자유,

자기 연민과 우울감, 불면증, 불안증으로부터의 자유,

일로, 지식으로, 외모로, 돈으로 세상에 자신을 증명하려는 발악으로부터의 자유,

어떻게든 느껴야 위로가 되는 알량한 우월감과 특권의식으로부터의 자유,

다 그러고 산다며 머리로는 합리화가 끝났지만 엄습하는 죄책감으로부터의 자유,

세상에 알려지는 순간 바닥으로 추락할 것이 뻔한 비밀들로부터의 자유,

다시는 하지 말아야지 다짐해 놓고 기어코 또 하고야 마는 자괴감으로부터의 자유,

생각하기 싫어 외면하지만 절대 어디 안 가는 죽음에 대한 두려움으로부터의 자유,

진실을 아는 사람 누구에게나 허락된 이 모든 진짜 자유.

영원과 무한의 차이

영원과 무한은 다르다.

영원은 희망이자 구원이고 무한은 절망이며 윤회다.

주위에서 많이 보는 무한을 뜻하는 심볼(∞)은 뫼비우스의 띠를 상징하기도 하는데, 끝없이 이어지지만 언제나 제자리로 돌아온다.

자신의 꼬리를 문 뱀의 형상이기도 하다.

불교와 힌두교, 동양철학에서 말하는 윤회와도 맞닿아 있다.

좀더 나아가자면 어머니와 결혼하는 아들이며 딸과 결혼하는 아버지를 상징하기도 한다.

부모도 아니고 부부도 아니고 형제도 아니고 그저 아무것도 아닌 무의 경지, 모든 의미가 해체된 니힐리즘이자 지옥의 문턱이다.

『이상한 나라의 앨리스』에 등장하는 '단지 제자리에 서 있기 위해 쉬지 않고 뛰어야 하는' 세상이다.

영원은 뻗어 나가는 직선이다.

아득한 수평선이고 지평선이다.

끝처럼 보여도 끝이 아니며 계속해서 앞으로 항해할 수 있다.

참고 가다 보면 언젠가 반드시 나아지리라는 희망이고 확신이다.

제자리걸음처럼 느껴져도 결코 시작점으로 되돌아가는 일은 없다.

윤회처럼 기억이 '리셋'되지도 않는다.

행선지를 정하고 길을 떠날 수 있다. 몇 번이고 다시.

영원과 무한의 차이는 죄의 유무다.